JN318552

長編超《スーパー》伝奇小説
魔界都市ブルース

菊地《きくち》秀行《ひでゆき》

〈魔法街《まほうがい》〉戦譜《せんぷ》

NON NOVEL

祥伝社

目次

カバー＆本文イラスト／末弥　純
装幀／かとうみつひこ

一九八×年九月十三日金曜日、午前三時ちょうど——。マグニチュード八・五を超《こ》す直下型の巨大地震が新宿区を襲った。死者の数、四万五〇〇〇。街は瓦礫《がれき》と化し、新宿は壊滅《かいめつ》。そして、区の外縁には幅二〇〇メートル、深さ五十数キロに達する奇怪な〈亀裂〉が生じた。新宿区以外には微震さえ感じさせなかったこの地震は、後に〈魔震《デビル・クエイク》〉と名付けられる。

以後、〈亀裂〉によって〈区外〉と隔絶《かくぜつ》された〈新宿〉は急速な復興を遂《と》げるが、その街を産み出したものが〈魔震〉ならば、産み落とされた〈新宿〉はかつての新宿であるはずがなかった。早稲田《わせだ》、西新宿、四谷《よつや》、その三カ所だけに設《もう》けられたゲートからしか出入りが許されぬ悪鬼妖物がひしめく魔境——人は、それを〈魔界都市〝新宿〟〉と呼ぶ。

そして、この街は、哀しみを背負って訪れる者たちと、彼らを捜《さが》し求める人々との物語を紡《つむ》ぎつづけていく。あらゆるものを切断する不可視の糸を手に、魔性《ましょう》の闇を行く美しき人捜し屋《マン・サーチャー》——秋《あき》せつらを語り手に。

第一章　イカれ帽子屋《MAD HATTER》

1

月の明るい晩に
仏蘭西《フランス》へ行ってごらん
夜が青いとわかるから

月の明るい晩に
〈新宿〉の〝魔法街〟へ
行ってごらん
月が猫だとわかるから

秋《あき》せつらが〈魔法街〉を訪れた理由は、初秋の月が明るかったせいでも、夜がいつもより青みがかっていたせいでもない。〈区外〉で有名な一七歳のグラビア・アイドルが、その日の昼過ぎ〈歌舞伎町《かぶきちょう》〉で新曲のキャンペーン中に盗難に遭《あ》い、マネージャーともどもせつらを頼ってきたのである。

「で、こそ泥を見つけ出し、それも取り返してもらいたいのですわ」

落ち着いた風を装《よそお》う中年のマネージャーから、ちらと隣《となり》のタレントに視線を移し、

「それのほうは僕の仕事ではありません。ご存じかと思いますが、僕の仕事は人捜《ひとさが》しです」

「そこを何とか」

マネージャーは食い下がった。

陽《ひ》が落ちたばかりの〈新宿〉は、ある意味真夜中よりも危険な時間だが、気温だけは尋常だ。〈西新宿〉の「秋DSM《ディスカバー・マン》――人捜しセンター」を訪れたときから、滝なす汗をハンカチで拭《ぬぐ》いっぱなしのマネージャーは、いくら二〇〇キロ超の見かけとはいえ、副交感神経に異常が生じているとしか思えなかった。

かたわらの少女もかなりの長身である。マネージャーが近づいただけで、ぽきりと折れてしまいそう

だ。

「〈新宿〉の方はご存じないのかも知れませんが、暮羽《くれは》トーマといえば、目下《もっか》売り出し中のアイドルなのです。それがわざわざ同行してるんです。その辺を斟酌《しんしゃく》していただけませんか？」

「来るか来ないかは、そちらの都合です」

せつらはにべもなく応じた。ハードボイルドにやらかせば、相手が歯を剝《む》きかねない言い草だが、その身を包む春風駘蕩《しゅんぷうたいとう》な雰囲気《ふんいき》がそれを許さない。

現に〈区外〉一のアイドルは、せつらの顔をひと目見た途端、顔は真っ赤、眼はとろりの有様《ありさま》で、麻薬でも射《う》たれたみたいに見蕩《みと》れているばかりだ。ま、これは雰囲気より美貌《びぼう》のせいかも知れない。

「品物の奪還ならば、警察か私立探偵にでもおまかせなさい。さして手間も時間もかけずに見つけてくれますよ、パンティ泥なんか」

普通の状態の娘なら、ここで、いやンとイヤイヤくらいするものだが、当人はなおも陶然《とうぜん》とせつらを見つめているばかりだ。

マネージャーも気がついたらしく、

「ご覧《こ》なさい。男には堅いと芸能界一の定評があった娘が、あなたの顔をひと目見ただけでメロメロだ。聞きしに勝《まさ》るどころじゃない。まともになるまで何日かかるか——ああ、私みたいにサングラスを掛けろと言ったのに、あたしは大丈夫よ、なんて自信過剰ですよ。やっぱり〈新宿〉は〈魔界〉だ」

「〈魔界都市〉」

とせつらは訂正してから、

「その泥棒を見つけるだけなら、お引き受けしますが、それ以外はアウトです。お引き取りください」

「ふーむ」

とマネージャーは腕を組んでしまった。拒否されても気はゆるんだのか、筋肉の緊張が解けて、ぶお、と倍もふくれ上がった。こっちのほうが芸がありそうだ。

「あの……」

眠たげな声に、せつらはアイドルの方へ視線を移した。自分の虜《とりこ》になった精神《こころ》の、必死で痛切な叫びを感じ取ったのである。

「私からもお願いします。あれが見つからないと困るんです」

「はあ」

「ああ……声まで素敵……誰か助けて……」

ここで何とか呼吸を整え、

「……福沢《ふくざわ》さん……もういいわ。みんなお話ししてよ……こんな凄い人に隠し事したって、無駄だわ」

マネージャーはとまどいを隠さず、

「ま、確かに顔は凄いが――トーマ本人が納得しているのだからいいでしょう。実はあのパンティには、トーマの運命を決定するほどの秘密が隠されているのです」

「はあ」

一年前、駆け出し時代のトーマは、来日したアラブ石油王の歓迎パーティーに「飾り」として出席した。事務所から命じられた仕事であったが、これが思いもかけぬ副産物を生み出したのである。

六〇を越す石油王がトーマにひと目惚《ぼ》れしてしまったのだ。

翌日からプレゼント攻勢が始まった。

「その中に黄金の糸で編《あ》んだパンティがあったのです」

「はあ」

「それもTバック」

トーマが溜息《ためいき》交じりに言った。

「はあ」

「その手の店で見積もってもらったら、一億円を超す品だと言われました。ダイヤだのサファイアだのルビーだの大きな宝石が嵌《は》め込んであったものですから。これは返したほうがいいと思ったのですが、気になって調べてみたら、その石油王の国では、男が女に渡したプレゼントを返したり紛失したりすることは、男にとって死に勝る屈辱だそうで、男の家族に殺された外国人女性もいるそうです。それで黙って受け取ることにしたのですが——」

今日、〈歌舞伎町〉で来月発売予定の新曲のキャンペーンをやっている最中、ふと思いついて、休憩をはさんだ第二部で、パンチラを仕掛けようということになった。そして、ホテルへ戻り、シャワーを浴びている最中に、黄金の下着は消えてしまったのである。すぐ着替えられるよう、前もってベッドの上に並べてあったという。

警察にとも思ったが、それでは公《おおやけ》になる可能性が強い——アラブの刺客《しかく》が来日必至、と考え、人伝《ひとづ》てに〈新宿〉一の人捜し屋《マン・サーチャー》の名前を知ったのであった。

「黙っていればわからないのでは?」

とせつらは妥当な意見を口にした。相手は海の向こうだし、しかも、ここは〈新宿〉だ。〈亀裂〉の向こうにも沈黙の壁はそそり立つだろう。

「それが、そうもいかんのです」

マネージャーは眉根《まゆね》を寄せ、五重顎《あご》から汗をしぼり出した。多芸な男であった。

「実はその石油王から、五日ばかり前、この秋に再度、お忍びで来日する。ついては、あのパンティが安らかにトーマ嬢の肌を覆《おお》い隠しているところが見たい、との連絡があったのです」

「覆い隠している、ねえ」

そうつぶやいたせつらの頭の中はわからない。

「それを証明しないと、石油王の親衛隊にズドン、ですか?」

「はい」

マネージャーは汗まみれのハンカチを仕舞って新品を取り出し、トーマは、また溜息をついた。妙に老成したイメージのアイドルであった。

「あまりにトーマへの入れ込み方が濃いものですから、こちらも気になって、向こうの事情を調べてみたのです。そうしたら、不安が的中しました。トーマとそっくりな目に遭った上、プレゼントを紛失し、保管してあることを証明できなかったハリウッドの女優が、二人も原因不明の死を遂《と》げているのです」

名前を聞いて、せつらも、

「へえ」

と言った。ひとりは期待の若手スターだったが、もうひとりは、アカデミー主演女優賞の候補にもなった大物だ。若手スターは友人と出かけたダウンタウンのバーで、大物のほうは自宅の居間で急死したが、心臓麻痺《まひ》との診断がとても正しいとは思えぬ凄《すさ》まじい顔つきだったという。苦しみではなく――恐怖の。

どちらにも友人と愛人という目撃者がおり、彼らの話によると、当人が斃《たお》れるほんの数秒前、店と家とが真っ暗になった――ただし、気のせいだと納得してしまったほどの早さで回復したという。

「一瞬ともいえない時間に、姿なき殺人者の手が、二人に触れたことは間違いありません。それをトーマに触れさせてはならんのです。かと言って、暗殺そのものがどんな形で行なわれたか不明な以上、防ぐ手段もまた不明です。後は災厄がふりかかる前に消滅させるしかない。そのためには、どうしてもあのパンティが必要なのです。何とか力を貸してください」

「それなら普通の探偵でも何とかなると思います。何でしたら、信用のおける者を二、三紹介しますが」

「いえ、この街での捜し屋ナンバー1は、あなたと伺《うかが》いました。下着はルール外だと存じますが、そこをひとつ――」

マネージャーは深々と頭を下げた。過去の例を話してもまだ、どこか上っ面《つら》の雰囲気が強い。非現実的な万象《ばんしょう》を一切《いっさい》受け入れられぬタイプの人間らしかった。

引導を渡してやろうかと、せつらが考えたとき、

「私には、彼がいます」

と誰かが言った。

「え？」

素《す》っ頓狂《とんきょう》な声を張り上げてトーマを見たのはマネージャーであった。次の声は怒声に近かった。

「何を言いだすんだ、おまえは⁉」

その余韻《よいん》が消えてから、トーマはまた言った。

「マネージャーも知ってることですけど、美大の学生で画家の卵なんです。私、その人の学費と卒業してからの留学費用を作るため、モデルになったのです。グラビアに出たおかげで、彼は今パリにいます」

トーマはせつらを見ていなかった。誰に話しかけているにせよ、少なくとも、同情してくれる相手でないことは確かだった。

「帰国するまであとひと月——私は無事に彼を迎えなくてはなりません。〈新宿〉での犯罪は、〈新宿〉で解決するしかないと、昔、彼から聞きました。物でも精神《こころ》でも、何かを失《な》くしたとき、誰よりも頼りになるのが、秋せつらという人捜し屋さんだとも。それ以上のことは言いませんでしたが、盗難に遭った瞬間、私はその名前に頼るしかないと思ったのです」

「おまえ——それで、どうしても一緒に行くと……」

マネージャーはトーマを見つめた。恋人を画家の卵と言ったが、彼女こそ金の卵だろう。

「私は彼に守ってほしかった。それはできません。あなたの名前を教えてくれたのは彼でした」

少し沈黙が落ちた。「秋人捜しセンター《DSM》」の窓から、夜の街と白い月が見えた。じきに満月だった。

「下着泥棒捜しだけはお受けしましょう」

せつらはのんびりと言った。

マネージャーとアイドルの肩が絶望的に落ちた。

マネージャーがまた汗を拭い、

「もしそのとき、パンティを別の人間が買い取っていたら？　暮羽トーマの下着といえば幾《いく》らでも出すというファンがいます。いえ、それよりも、ファン以外の金持ちに売りつけられて、何らかのルートで石油王の耳に入らないとも限りません。私はそのほうが怖いのです」

「ファンの手に渡ったら、きっとインターネットの裏情報で流されます。クリックひとつで、アラブでも見られるわ」

トーマの肩がかすかに震えた。

「もしも、あなたの下着を買った者がいれば、その人物を捜します」

と誰かが言った。

二対《つい》の眼が愕然《がくぜん》と、かがやく美貌を映《うつ》した。

「その人物から野良猫《のらねこ》が咥《くわ》えて逃げたなら、特別規定の料金で、その猫も捜しましょう。今、依頼なさいますか？」

トーマの頬《ほお》を光るものが伝わった。

「お願いします」

福沢マネージャーが、大仰《おおぎょう》にせつらの右手を両手で握りしめた。金の卵と——ひいては自分の立場を守るためにせよ、このとき世界の誰よりも、せつらに感謝しているのは確かだった。

2

JR、西武《せいぶ》新宿線、東西線《とうざい》——〈高田馬場駅《たかだのばば》〉に属するその全ホームと出入口に、こんな看板が掲《かか》げられている。

『〈魔法街〉はこちら。ただし、夜は行かぬこと』

どんなに月が明るくとも、〈魔法街〉の夜は魔法使いと妖精と死者たちのための夜である。

陽光の下に死者のごとく沈黙した街は、夕暮れどきから眼をこすりはじめ、月と星のかがやきとともに新たな生命を得る。

奇妙な形と色彩の家々の煙突からは、七色の煙が立ち昇り、妖《あや》しい薬品か火薬の燃焼の結果らしい火花は、小さな星のかけらに変わって、路上に散り落ちる。〈高田馬場〉の猫どもが、時々、見えなくなるくらい縮んだり、〈京王《けいおう》プラザホテル〉よりも大きく見えるのは、このかけらを口にしたせいだと言われる。

もしも、〈区外〉の酔いどれや、無知な観光客が石畳の道を行けば、どこかの家から漏《も》れる竪琴《ハープ》か古代楽器の調べ。やがて街を囲む石の塀《へい》にぶつかるのは、もはや人の形をしていない猫か狼の影だ。

通りの両側を走る溝《みぞ》へと注がれる家々の排水は青い炎を燃やし、黄金の澱《おり》を浮かべている。地の底から聞こえる唸《うな》りは、石や土を黄金《こがね》に変える錬金術のモーター音だという。

夜空を行く化鳥《けちょう》の群れに天窓から鋼《はがね》の矢が射かけられるのは、〈戸山《とやま》団地〉の住人たちが変身した姿だからだ。自分たちの手になる以外の超自然的生命は、〈魔法街〉の住人にとって、常に滅ぼすべき呪《のろ》われた存在なのだった。

それでなくても、夜の〈魔法街〉は、住人以外の訪問者に牙《きば》を剝く。いや、鋭く長い鉤爪《かぎづめ》でもって襟《えり》首《くび》を引っ掛け、二度と帰れぬ夜の闇《やみ》へと引っ張り込んでしまう。

今、せつらが歩く中央通り《メイン・ストリート》の前方――小さな丘への階段を、黒い巨大な影が下りてきたではないか。

どう見ても猫だ。

それは通りいっぱいに広がってせつらの行く手を封じ、地上三メートルに浮かぶ闇色の顔から、こうささやきかけた。

ニャン　ニャニャ　ニャンニャ
ニャンニャンニャ

驚くべきは、それがまぎれもない牝猫《めすねこ》の声なのにもかかわらず、どう聞いても人間の女の声だったことである。しかも、一〇〇人いれば一〇〇人、これは美人の声だと断言するに違いない、珠《たま》を弾《はじ》くような響きを持っていた。

「月の明るい晩だって、〈魔法街〉にゃあ入っちゃならない。これから先はお代《あし》がいるよ。変身、失《しっ》踪《そう》、気の狂い――さ、どれがいい？」

詩を口ずさむようなせつらの言葉は、猫の黒い顔に、真ん丸い眼を生じさせた。

「あんた猫語がわかるのかい？」

「全然」

「だって、今――」

「これ」

せつらは右手で襟もとを指差した。

水晶らしいペンダントが銀の鎖《くさり》の先で揺《ゆ》れている。

「それは――ヌーレンブルクの〝守り水晶〟じゃないの!?　ああ驚いた。あんた、あの家の知り合い？　なら早く言えばいいのにィ」

と猫のくせに不平面《づら》をしてから、

「でも、あそこん家《ち》は、でぶの二代目も人形の召使いも目下、海外旅行中のはずだよ。それに、道が違う」

「ゴルドーさん家《ち》」

とせつらは答えた。

「なんだい、あの助平爺《すけべじじ》いのとこか。恋人のパンティが盗まれたから、魔法の力で捜してくれ、つうんじゃないだろうね？」

せつらは少し間を置いてから、

「とんでもない」

と言った。

「ふうん。ま仕方がない。さっさと行きな」

猫はもっさりと立ち上がり、何と、右側の家の赤屋根に前脚を掛けるや、ひょいと飛び乗ってしまった。

せつらも恐れる風もなく進みだす。その顔をかたわらの常夜灯の光が照らした瞬間、
ニャン！　とひと声叫んで、大猫は屋根から向こう側へ滑《すべ》り落ちてしまった。

家のカーテンが開かれ、人声が上がった。

「やば」

　こうつぶやいて、せつらは足を早めた。

　名字《みようじ》とも名前ともつかないゴルドー氏の家は、黒いペンキに塗りつぶされ、窓ガラスまで黒かった。

　せつらが事情を説明すると、

「なぜ、ここの住人が犯人だと思うのかね？」

「アイドルの部屋には〝防禦《ぼうぎょ》魔法〟がかけられていました。その象徴がこれです」

　黒い木机の上に置かれた古風な黒い鍵《かぎ》をちらりと見て、黒い羽根みたいなガウンを着たゴルドー氏はうなずいた。

「確かに、これを外せるのは〈魔法街〉の住人に限られる。協力しよう」

「どーも」

「しかし、亡くなったガレーン婆《ばば》が、秋せつらという名の男が来たら、無条件に〈魔法街〉の全力を尽くして力を貸してやれと、我々に命じていったわけだ。かように美しい男がこの世に産み落とされていたとは、な」

「犯人がわかりますか？」

　せつらは賛辞に慣れている。

「それは私の役ではないよ。今月の公安係を紹介しよう」

「はあ」

　月単位の公安係がいるとは知らなかった。

「相手の名前は真純《ますみ》だ。街では『イカれ帽子屋《MAD HATTER》』で通ってる。道案内が外にいるよ」

　玄関を出ると、頭上で力強い羽搏《はばた》きが聞こえた。

「おやおや」

　眼前に舞い下りた大鴉《おおがらす》に、せつらは親しげな笑みを見せた。

　いきなり落ちかかった鴉は、墜落寸前、必死に羽搏いて持ち直した。ただし、今度はせつらの頭上に滞空する。

「顔を見てはいかんのだったな。ふう。――次からはサングラスを掛けるとしよう」

「置いてきぼり？」

飼い主は海外旅行中と聞いた。ヌーレンブルク家の飼い鴉である。

「ふん、足手まといだそうだ」

「海外旅行向きじゃないね」

「放っとけ」

「バイト？」

「ゴルドーさんは鴉の精の血を引いておる。その縁で、情け知らずの飼い主が戻るまで、秘書として雇《やと》ってもらったのだ」

「秘書兼小間使い」

「うるさい！　とっととついてこい。あのイカれ女のところへ連れていってやる。後で吠《ほ》え面かくな」

「意外と気が短い」

「やかましい。人間に鴉の孤独がわかるか」

「全然」

「うおお」

せつらの上空で激しく空気が吹き乱れたが、それ以上のことはなく、三分もしないうちに、せつらは一軒の黄色い家の前に導かれた。

壁も窓も黄色で、ご丁寧に同じ色の屋根まで黄色い帽子を被《かぶ》っている。

「煙突？」

「そうだ」

「イカれ帽子屋ね」

礼を言って、せつらは大鴉と別れた。

チャイムを押した。

ニャアアン

と鳴った。

月の明るい晩は、とつぶやいたとき、

「いらっしゃい」

それ自身が叫んだような歓喜の挨拶《あいさつ》とともに、ドアが開き、飛び出してきた影がせつらの首に白い腕を巻き付けた。

「モテモテ?」

これでも、せつらの声はどこか浮世離れしている。

「そのとおりよ、ハンサムさん」

眼の前のやや丸い美女の顔には、サングラスがついていた。黄色いTシャツにジーンズは普通だが、ショート・カットの髪に乗せた黒いシルク・ハットは奇妙としか言いようがない。

「ゴルドーさんから、電話があったわ。歓迎します——ようこそ『イカれ帽子屋』宅へ!」

言うなり、せつらの頬に手を掛けて、強引に顔を寄せてきた。

「あン!?」

鋭い痛みを感じさせる声は一瞬であったが、女は大きく身を退《ひ》いていた。

右の人さし指を上唇に当てて、その指を見つめた。腹に鮮血がひとすじ、くっきりと。

怒るか喚《わめ》くかと思ったら、女——真純は一歩下がって、その指を咥えた。

頬が桜色だ。濃緑のサングラスの奥からも、妖しい光を放つ眼が窺《うかが》えた。

突如《とつじょ》として、妖艶《ようえん》だが可憐《かれん》でもあった女の全身を、エロスの精が駆け巡ったようであった。

「ひどい人ね」

咎《とが》めるはずの声も、まるで船人を誘う海魔《セイレーン》のようだ。

「失礼。びっくりした」

謝ったものの、本気かどうかは疑わしい。こういうとき、この春みたいな若者は冬に化ける。

やや厚めの唇を強くぺろりと舐《な》めて、舌に血を乗せ、

「いいのよ、顔も精神も同じ出来のハンサムより、こういうほうが好み——いらっしゃい」

真純は、豊かなヒップを振るようにして、戸口へと向かった。

3

別に黄色くもない平凡な家具の揃《そろ》った居間で、せつらは丸テーブルを間に、真純と向かい合った。

家具は平凡だが、後は帽子尽くしだ。

丸テーブルを支えているのは、九匹の木彫りの猫の尻尾《しっぽ》だし、壁の丸時計も、猫の顔をしている。

帽子掛けは猫の前脚と後ろ脚で、数は一〇〇を超すだろう。空《あ》きはない。

せつらが事情を説明すると、

「いいところへ来たわね」

にんまりと笑った。唇の傷はもう消えかけている。腫《は》れてもいない。

「この街にも悪いのが少しいてね。ついさっき、酒場で〈区外〉のアイドルの下着をどうとか自慢してたから、軽くひっ搔《か》いておいたわ」

「ひっ搔く？」

「そよ。たぶん、パンティ泥はこいつ」

真純は被っていたシルク・ハットを手に取ると、逆さまにしてテーブルに置いた。

右手が自然に帽子の内部《なか》へ入った。出てくるのも自然だった。一緒に出てきたものは、少し違った。

煮しめたようなハンチングを被った貧相な顔は、出てくると確かに普通の男のサイズを備えていた。

襟首を摑《つか》んだ女の手が上がるにつれ、幅広の肩が、よれよれのコートに包まれた胸が、腰が現われ、腿《もも》まで出たところで、真純が前方へ投げつけると、全身が空中をじたばたしながら飛んで、床の上に落ちた。部屋が揺れ、安酒の匂《にお》いがせつらの鼻先を流れた。

「彼？」

「間違いないと思うわ」

真純は椅子《いす》から立ち上がると、軽く床を蹴《け》った。

ジャンプは低いが五メートルを越して男のかたわらに着地した。

バレエ・ダンサーのような、というより、人間工学的な理に適《かな》ったダンスではない。獲物に躍《おど》りかかる四足獣のしなやかで非情なジャンプを思わせた。

明らかに酩酊《めいてい》状態の男の頬を平手で二、三発叩《たた》くと、その力と響きにせつらは宙を仰《あお》いだ。

何度かの瞬《まばた》きのあと開いた男の眼には、正体不明な攻撃に対する恐怖が漲《みなぎ》っていた。

「酔ったふりは効《き》かないわよ」

と真純は宣言した。

その顔から右手の――いつの間に――シルク・ハットに眼を移した刹那《せつな》、男の全身を死が包んだ。

「正直に答えないと顎をもぎ取るわ。ねえ、ベルナルディ――昼間、〈区外〉のアイドルから盗んだ品はどこにあるの？　もう売り飛ばしちまった？　だったら、その相手を教えて」

「おれは、何も知らん」

男――ベルナルディは、小さく何度も首を横に振った。流暢《りゅうちょう》な日本語である。魔法使いは、何カ月か同一地点に住むと、その国の言葉をマスターしなくてはならない掟《おきて》だと、せつらは聞いていた。

「頼むから、あんまり常識的な台詞《せりふ》で時間を取るのはやめましょう。三つ数える間だけ待つわ。パンティはどこにあるの？」

ベルナルディは真純をにらみつけ、すぐにあきらめた。

「かっぱらってすぐ、〈歌舞伎町〉の故買屋に売っちまったよ。もとの〈新宿コマ〉の裏にある『鳴戸《なると》屋《や》』って店だ」

「詳しくないなあ」

せつらの声に、ベルナルディは向きを変えた。

「〈新宿〉にひと月もいれば、行っちゃいけない場所がわかってくる」

「そのとおりだよ、色男」

ベルナルディは、痴呆《ちほう》のような表情で認めた。

「どう見たって一〇〇〇万は固い品を、ダイヤが模造だの何だのって、十分の一に値切られちまった。いつか店主をぶっ殺して、奪い返してやる」

「一億」

とせつらはつぶやいた。

ベルナルディが、ぎょっとしたようにこちらを向いた。

「何だ、そりゃ、あのパンティの値段か？　あの爺い、ふざけやがって——足下《あしもと》を見たな。許せねえ——おい、色男、おれと一緒に取り返しに行ってくれ。半分やるぜ、五〇〇〇万」

「お金は？」

とせつら。

「んなもン、もうあるかい。〈歌舞伎町〉のカジノでみいんなスッちまったよ」

「なぜ、あの娘に目をつけたんですか？」

「そら、おめえ、ショーを見てよ。タイプだったんで、姦《や》ってやろうと後を尾《つ》けたんだ。そしたら、ずっといいもンが見つかってな」

「はい、わかったわ、ご苦労さま——お役ご免よ。お帰りはこちら」

真純の右手が優雅に持ち上がった。人さし指と中指で鍔《つば》をはさんだシルク・ハットは、場末の劇場で展開する貧乏臭い、しかし、妖しい手品を連想させずにはおかなかった。

さっきは帽子から男を取り出した。そして、今度は男の頭に帽子を被せたのである。

「は？」

せつらの眼を見張らせたものは、男の頭のてっぺんから腰まで、何の抵抗もなく滑り落ちた帽子の動きであった。

腰で止まると、真純はそれを座り込んだ男の下半身の線に沿って滑らせた。

はじめは取り出し、今度は吸い込む。

ベルナルディの靴の爪先《つまさき》が帽子の内側《なか》に消えると、拍手がひとつ起きた。せつらである。

ささやかな花火のようなそれへ身をひねり、シルク・ハットを優雅に折って、女魔法使いは不可思議なショーを終えた。

「帽子の中に保管してあるわ。後で交番へ引き渡す」

壁の猫時計へ眼をやって、

「――まだ八時半か。行くんでしょ？」

「鳴戸屋」のことである。

「意外と簡単」

せつらは女を見つめて、ありがとうと言った。

「よしてよ」

片手を振った真純の顔は、もう半《なか》ばとろけている。

「ひとつ教えといてあげる。あなたの顔って、兵器よ。それも最終兵器に近いわ。ねえ、わかって正面から女を見つめてる？　いえ、男も？」

「そんな――」

せつらの顔を見た上、これをやられて正しい判断ができる人間は国宝級である。

真純は激しく首を振って、

「何よ、この男――知りくさって……」

とよろめいた。

「お世話になりました」

下手人のほうは、涼しい顔で前もって用意しておいた謝礼を封筒に入れ、ひとつ頭を下げると、さっさとドアの方へと背を向けた。

もう用はない。あまりにもはっきりしすぎていて、やられたほうは怒る気にもならない。怒っても、せつらに一瞥《いちべつ》されればそれっきりだ。

「ねえ」

寝惚《ねぼ》けたような女の声が追ってきた。

「今度、時間があったら、お茶しない？」

「うーん」

あまり苦しげでもない、常套句《じょうとうく》のような口ぶりでこう言うと、せつらはドアを閉じた。

黄色い帽子を被った家は、これきり無縁の存在になるはずであった。

前の坂道を下りだしたせつらの頭上で、丸い月がほんわかと浮いている。

ヘソを曲げた猫のような顔つきであった。

下りると、ふと、せつらは家の方を見上げた。


真純はぐったりと椅子に掛け、上唇を舐めた。無意識の動作だった。痛みも傷痕《きずあと》の感触もない。

胸が締めつけられるような気がした。それが切なさという感情だと改めて思い知り、同時に、いま別れた人捜し屋の顔が脳裡《のうり》に浮かんだ。いや、ひと目見たときから、大脳の記憶野《や》に、稲妻《いなずま》に灼《や》き抜かれた十戒のごとく、刻み込まれていたのである。


こんなとき、ひとりは嫌だ。

こんなとき、ひとりでなくては嫌だ。

邪魔っ気な服も靴も財布も放り出して、ひと泣きの後、頬ずりしよう。

誰もノックをしないでちょうだい。

ノックするならドアを壊すくらいに強く。

あなたが戻ってきたとわからないように。

そのとき——ノックの音がした。

今までいた場所と比べると、正反対の街である。

〈新宿・歌舞伎町〉。

常に人々と妖物の気が絡《から》み合い渦を巻く街も、明るい月の晩は詩のような秋の悲愁に満ちていた。

指輪やペンダントに仕込んだデジカメで、禁断の場所や忌《い》みものを写さんと眼を血走らせた観光客や、世界各地から集まり、彼らだけの生活圏を確保し、侵入者を見つけ次第排除せんと、身体《からだ》のどこかに隠した火器をまさぐりつつ道を行くやくざたち、彼らと異なり、あくまでも自然体で、そのくせ緊張のポイントはずらさず鋭い眼に留《と》めているのは〈区民〉たちだろうか。

毒々しいネオンに飾られた看板を掲げた風俗店からは、男と女の欲望の気が、霧のような形と臭気を伴って漏出《ろうしゅつ》し、あらゆる通りと路地に溢《あふ》れ出して、通行人たちを狂わせる。

ほら、出しぬけに衣類を脱ぎ捨て、全裸で踊り始めるOLやリーマンは、その犠牲者だ。

課長さん、あなたの部下は、通りすがりのホステスを抱えて、狭い路地へ連れ込もうとしています。『危険！　妖物あり』のバリケードも蹴破って。

九時ジャストに、せつらは目的地――「鳴戸屋」に着いた。

「どーも」

古風な引き戸の向こうに、一段高い畳の席と、スチール机の向こうに腰を下ろした老人がいた。席と訪問者との間は、防犯用の透明な強化プラスチックの板で遮《さえぎ》られていた。交渉は板に取り付けられたマイクを通して行なわれる。

板に数十枚の護符が貼《は》られているのが〈新宿〉らしかった。客は人間ばかりだとは限らぬのだ。三坪もない店内の左右は故買品を収めたガラス・ケースが占め、天井にはビデオ・カメラが客の姿をしっかり捉《とら》えている。

俯《うつむ》き加減の首がかくんと下がって、またこくんと上がる。老人は居眠りの最中らしかった。

第二章　悪党ローエングリン

1

せつらがもう一度、挨拶《あいさつ》しようとしたとき、

「いらっしゃい」

とよく整えられた白髪頭《しらがあたま》が応じた。

「今日の昼過ぎ、ベルナルディという男が女性用のパンティを売りに来たはずなんですが、それを引き取らせてほしいんです」

「ないな」

「え?」

老人はやっと顔を上げた。温和な作りである。顔色はやや青い。

「もう売れちまったよ。いい品だったんでね」

「買った人の名前と住所――教えてもらえます?」

「それは駄目だなあ」

予期した反応であった。せつらの顔を見ているはずだが、机の上の分厚い眼鏡《めがね》を見てもわかるように、だいぶ眼が悪いらしい。

「うちじゃあ、いったん手を離れた品は、向こうから戻ってこない限り、それで無関係さ」

「データはあります?」

「いいや、名前も住所も聞いとらんね」

「わかりました。どーも」

せつらはこう言って、左右のショー・ウインドーに収められた故買品の数々を眺めはじめた。

目的は天井のビデオ・カメラである。HD《ハード・ディスク》内蔵タイプである以上、今日いちにちの訪問データは残っているはずだ。今のHDの容量は立体モードで七二時間を超える。

妖糸の伝える情報によれば、カメラを台から外した瞬間、警報が鳴り響き、最寄りの交番と民間警備会社の支店へ危険シグナルが飛ぶ。

それは避けなければならない。本来、仕事ではない行為に手を染め、警察と事を起こしたら災難どころでは済まなくなる。もちろん、警察内のコネを使

えば、いくらでも揉《も》み消しは可能だし、一切《いっさい》顔も名前も出さず、カメラを供出させることも可能だ。過去に何百回と実行してはきたが、今回は別であった。

一本で台座の固定ネジを外しにかかると同時に、台座に侵入させた一本で、アラームとのコネクト・ラインを切断しにかかる。

「あちゃあ」

と漏《も》れた。カメラは、ライン切断と同時にアラームが鳴りだす仕組みだったのだ。

後はHDを取り出す他はない。

せつらは妖糸での電子メカ分解作業を決心した。複雑極《きわ》まりないカメラの内部へ侵入し、HDを本体から取り外し、また何事もなかったように復元させておかねばならない。

老人が、あれで頭は正常――どころか人一倍勘も鋭いのはわかっていた。

あくまでも、故買品の見物と見せかけた上で処理しなくてはならない。それも一、二分のうちにだ。

それ以上は老人が怪しみだす。

HD固定用ネジをすべて外すのに、妖糸を巻き付け、微妙な指の操作で力を加えてゆるめる。

四本同時に外れた。後はボディをバラして取り外すだけだった。老人は、またこっくりこっくりとやりはじめた。

ボディのネジを外すのに同じく五秒。

バラしてHDを取り出す――よし。

その瞬間、老人が顔を上げてこちらを見た。

いや――天井を。

いきなりドアが開いた。

入ってきた巨体へ、老人の眼が吸いついた。

髭《ひげ》だらけの肥満漢は大股《おおまた》で仕切り板に近づき、餅《もち》みたいにぺたんとくっついてしまった。

「それじゃあ」

老人の視界を埋めた巨大な腹の向こうで、
とせつらの声が上がった。

このとき、すでに空中分解を起こしたカメラから落下したHDが、見えない糸に引かれたかのごとく方向を変えて、せつらのポケットに収まっていたのは言うまでもない。カメラは組み立て直す暇を惜しんで、妖糸に巻かれた状態で放置された。

さっさと〈靖国《やすくに》通り〉へ出て、タクシーに乗ってから、せつらは妖糸を操《あやつ》り、まだ仕切り板にくっついている肥満漢を解放した。

カメラの分解中に、万が一と外部へ妖糸を放ち、通行人の中から視覚を妨《さまた》げる最大の人物を選んで待機させていたとは、糸を巻かれた当人も店番の老人も想像もつかないはずであった。どちらも妖物のせいだと思うだろう。

家に続く通りへ出る前に、せつらはタクシーを降りた。

午後十一時近く。

月は丸々と頭上にかがやき、せつらの影をアスファルトに灼《や》いている。

店の横――短い垣根の木戸に手を掛けたとき、右方から真紅《しんく》の塊《かたまり》がゆるゆると飛びきたって、せつらの足下《あしもと》へ落ちた。

その瞬間、せつらは動けなくなった。

「あれ?」

声は出る。五臓六腑《ごぞうろっぷ》にも異常はなさそうだ。渾身《こんしん》の力を込めれば、手も足も何とか動かせる。だが、一歩進むのに一〇分もかかっては無意味だろう。

「待っていたぜ」

右方の舗道の上から低い男の声がした。

「どなた?」

「名前はいいやな。訊《き》きたいことがあって来た」

「はあ」

「〈魔法街〉にいるベルナルディってチンピラ、知ってるな?」

「いいえ」

「とぼけるなよ、おい」

声は凄《すご》みを利《き》かせたが、どこかゆるいのは、せつらの返事があまりにも緊張感に乏しかったせいだ。

「まあ、いい。そいつから楽しい話を聞いてきた。一億円のパンティってなどこにある？」

「パンティですか？」

「パンティだ」

男の声はイラつき気味になった。さすがに繰《く》り返すのは屈託があるらしい。

「婦人ものの下着売り場じゃありませんか？」

「てめえ、ふざけるなよ。そのまま、闇獣《あんじゅう》に食わせてやってもいいんだぞ」

今度は背後からの声である。二人いる。

「専門用語ですね。魔法関係の方？」

「やかましい」

動揺が声を震わせた。図星だったのだ。

「ちょっと待て」

右側の声が制して、はい、と小さく答えた。携帯である。

しばらく沈黙してから、

「わかりました。ちょうど、捕まえたところです。口を割らせます」

もう一度、はいと告げて切った。

「おめえの動きはみなわかった。おい、故買屋から持ち出したハード・ディスクをよこしな。そうか、動けなかったな。今、身体検査をしてやるぜ」

その趣味を発揮できる機会に踊りだしたい気分なのか、声は震えていた。

「『鳴戸屋』へ行ったんですか？」

「うるせえ、黙ってろ」

「はあ」

右側から靴音が近づき、ぴたりと止まった。虚《うつ》ろな声が切れ切れに、

「こいつぁ……驚いた……なんつうか……おかしくなりそうだぜ……どえらい……色……男……だ」

「なに言ってやがんだ。おい、さっさと闇獣を出せ」

返事はない。

「おい――わかったのか？」

背後の声はいら立ちを隠さなかった。

「あ……ああ」

「なに寝惚《ねぼ》けてやがる。仕様がねえ、おれが代わってやる。見てろ」

背後の声から、二本の腕が生《は》えた。茶の革《かわ》手袋をはめた指が、せつらを抱くように肩から胸へと滑る。

絶叫は、やめろお、と綴《つづ》られた。

右側の声の主が背後の声の肩を摑《つか》んで引き戻すや、猛烈な右フックを叩《たた》き込んだのだ。虚ろな声とは別人のようなスピードと破壊力が、背後の声の顎《あご》を粉砕した。

「てめえ、ヒックス――何しやがる!?」

背後の声は路上に横たわって叫んだ。

「彼に手を出すな」

右側の声は、袋の中でしゃべっているように聞こえた。

「なにィ？　てめえ――気は確かか？　術にでもかけられたか？」

「ああ。魂まで食らい尽くされちまったよ、ボリス。その薄汚ねえ指で触ってみろ。ぶち殺してくれる」

「ふざけるな、この変態野郎――今、殴ったツケを払わせてやらあ」

横たわったまま、背後の声は低く呪文を唱《とな》えはじめた。

「サカディハレ、トゥタ、ダキジス――闇の淵《ふち》より出《い》でよ。黒き獣を招く七聖の星、ここに封印を解く」

同時に、右側の声も応じた。

同じ呪文をもって。

背後に新たな気配が生じるのをせつらは感じた。

ぷん、と刺激臭が鼻を刺す。温泉でよく嗅《か》ぐ臭い――硫黄《いおう》だ。

臭いは獣の唸《うな》り声をまとっていた。

次の瞬間、空中で巨大な質量が激突した。もつれ合い、質量の一部をちぎり取り、絶叫し、それが苦鳴に変わっても、二つの何かは路面に触れなかった。闘争は空中で行なわれたのである。

急に片方が細く哀しげな一咆《いっぽう》を放ち——消滅した。今まであった、手で触れることも可能な塊が忽然《こつぜん》と消えてしまったのだ。それが占めていた空間へ流れ込む一瞬の空気の音を、せつらは聴いただろうか。

「殺《や》っちまえ！」

と命じたのは、どちらの声か。

宙を飛んだのは、どちらの操る獣《けだもの》か。

反対側へと走りかけた足音に、硫黄の臭いが重なって、数秒間、せつらは肉と骨とが咬《か》み砕かれる音を聞かなくてはならなかった。

「へ、なくなったか、色ボケ野郎が」

声は背後のそれであった。位置からして立っている。

「さあ、てめえもわかったろうが。ちょっかい出す気分もなくなった。素直にコクらねえと、ヒックスの二の舞いだぜ」

「その獣は、あなたの意志で動くのかな？」

この期《ご》に及んでも、せつらの声は状況とマッチしていない。温泉にでも浸《つか》っているようだ。

「当たり前だ」

「あなたが死んだら、消える？」

「そうともよ。だが、消えるのはてめえのほうだ。そうなりたくなけりゃ、さっさと——」

「へっぽこ魔法使い」

な？　と息を呑《の》んで——背後の声は憎悪にふくれ上がった。

「なにィ、この餓鬼《がき》。よおし、まず腕の一本も——行け！」

気配と臭気が宙へ舞った。

それがこの世のものならぬ苦鳴を上げて、気配を失い、一種のガスと化してせつらに吹きつけたのは、一瞬の後であった。

「おや」

片手を上げて、せつらはコートについた硫黄の臭いを確かめ、少し顔をしかめた。襲撃者の忽然たる消滅よりも、同時に自由になった身体《からだ》よりも、これが気になるらしい。

反対側の腕も嗅いでから、

「クリーニング代を要求する」

と、背後の声をふり向いた。

鳥打ち帽にダッフルコートを着た三十絡《がら》みの男は、仁王《におう》立《だ》ちでせつらを見返した。

寸秒の間もなく新たな戦いの幕が切って落とされる——神の眼にもそうとしか映《うつ》らないはずの一瞬、

「セーフだったようね」

声の方を向いて、せつらはまん丸い月を見た。ニャアと聞こえたが、それは幻聴であった。

「でも、余計なお世話だったかな。私が出なくても、あなた、どちらも始末しちゃったみたいね」

路上で雪のように白いハーフコートのポケットに片手を入れたまま、もう片方でシルク・ハットを優雅に振って——一礼して見せたのは、ついさっき〈魔法街〉で別れたばかりの「イカれ帽子屋」——真純だった。

2

「あの化物は、君が?」

内容とは無関係にのんびりしたせつらの問いに、

「そうよ」

屈託もなく返して、〈高田馬場・魔法街〉の魔女は、片手をシルク・ハットの鍔《つば》に当てて軽く上げて見せた。どーもの代わりである。

「でも、やっぱりお節介だったみたいね。そいつ見ればわかるわ。にらみつけてるようだけど、半分失神してるし。ね、どうやったの?」

「縛《しば》った」

「へえ」

「どうしてここへ？」

「後で」

こう躱《かわ》してから、真純は生き残りの男――ボリスを運ぼうと提案した。

「どこへ？」

「あなたの家しかないでしょ？　拷問《ごうもん》部屋くらいあるんでしょ？」

「ない」

真純は柳眉《りゅうび》をひそめて、

「おかしな家ねえ。あなたもそれでよく、切った張ったができるわ」

「仕事は人捜し。殺し合いはついで」

真純の言い草も凄いが、答えのほうはもっと凄い。

「何でもいいわよ。近くにマンションかアパートないの？」

「幾《いく》らでもあるけど」

「じゃ、そこ行きましょ。空《あ》き部屋のひとつくらいあるでしょう」

「借りるの？」

「正気？　黙って入るのよ。吸音テープ貼《は》っとけば、隣《となり》の部屋にも気づかれないでしょ」

「それは、まあ」

このつぶやきをOKと取ってか、真純はボリスの襟首《えりくび》を掴むと軽々と肩に担《かつ》いだ。大柄でグラマーではあるが、大した力だった。

三分も歩くと五階建てのマンションの前に出た。

「部屋もいいけど、もっと手っ取り早く口を割らせる場所へ行こ。ついてこれる？」

「どこ？」

「屋上」

「何とか」

真純はにやりと笑って、

「じゃあ、お先に」

言うなり壁に左手を掛けた。ひょい、と身体が宙に浮かんだのは、それ一本の仕業としか思えなかった。

ハイヒールを履《は》いたままなのに、大の男ひとりを肩に、しなやかな肢体は敏捷《びんしょう》な獣が塀《へい》の上を渡る気分で、易々《やすやす》と石壁を駆け登っていった。

ボリスを引き取ろうとも言わずについてきた美青年は、それを見上げて、まるで他人事《ひとごと》のように、

「やるなあ」

とつぶやいた。真純の顔をした月が笑っている。

屋上に着いた途端に、真純は眼を丸くした。

眼の前に立つ若者は、いま下で、でくの坊みたいに自分を見送っていたのではないか。

「——あなた……いつ？」

「今」

呆気《あっけ》と言いたそうな娘に、愛想笑いのひとつも見せず、せつらは待った。

それに気づいて、真純はボリスを下ろした。

「もうひとりも魔法使いだった。知り合い？」

「ええ。〈魔法街〉でも鼻つまみの悪《ワル》たちのひとりよ。もうひとりはどうしたの？　私が来たとき、闇獣を使って殺し合ってたみたいだけど」

「ヒックスって男」

「こいつの仲間よ。仲間割れしたの？」

「ん」

「原因は？」

「ん——」

「とぼけた男《ひと》ね。でも、間に合ってよかったわ」

それで、せつらも思い出したらしい。

「どうしてここへ？」

「あなたが帰ってすぐ、パンティ泥の仲間がやって来たのよ。私に捕まったのと、たいそうな品をさばいたのが露見したらしいわ。私に捕まる前に、昼間っから呑み屋で吹いたのね」

「〝ガイア派〟？」

「そ。前のリーダーは行方《ゆくえ》不明になっちゃったか

ら、今は新しいのに替わったわ。こいつが魔法は抜群だけど嫌な奴でさ」

「へえ」

「ローエングリンってのよ。金儲《もう》けと女には目がないの」

男の鑑《かがみ》だな、とせつらは思った。

ただし、押しかけた中に彼はいなかった。ベルナルディを引き渡せと凄んだのは、副リーダー格の篠《しの》崎《ざき》であった。

「あのおカマ野郎が」

当然、真純は突っ撥《ぱ》ねた。すると、篠崎は、きんきん声で、

「なら、パンティよこしなさいよ」

と要求したのである。

「あたしの?」

真純はあくまでもとぼけた。篠崎は両手で身を揉《も》みしだいて、

「冗談じゃないわ。誰があんたのなんか——〈区外〉のタレントからかっぱらった黄金と宝石付きのパンティよ。ベルナルディは莫迦《ばか》だから、はした金で売り飛ばしちゃったけど、呑み屋で聞いた話からすると優に一億はするわ」

「なるほどね、おカマだけあって、女の下着の相場にも詳しいこと」

「ちょっと——いま何つった?」

篠崎は、天然パーマの下の細い眼を吊り上げた。よく見ると眉毛《まゆげ》まで天パーだ。

「何にも。これ以上、ゴロツキとおカマがまともな家に脅《おど》しかけてると、公安係の権限で、A級警備獣出すわよ」

「わかったわよ」

おカマは両手を上げた。ぷん、と天ぷら油の臭いがした。

料理が趣味なのだろう。

「でも、覚えときなさい。他にも手は打ってあるんだからね、ああン」

と恋する乙女《おとめ》のような眼差《まなざ》しを中天に当て、

「公安係でいられるのは、あと少しなんだからね。ただの住民に戻ったとき、吠《ほ》え面《づら》かくんじゃないわよ。イーっだ」

と歯を剝《む》いたものだから、

「出てけ、おカマ野郎」

猛烈な平手打ちを食らわし、ドアに叩きつけてしまった。


「他にも手を打ってある、というのが気になってね。この件に関して、あいつらがそんなことを仕掛けられる相手は、あなたしか思いつかなかったの。それですぐお宅へ急行したのよ」

「よく家がわかったね」

「あなた、自分で思ってるよりずうっと有名人なのよ。観光用のガイドブックにだって載ってるくせに」

「はは」

「でも、こいつらが絡んでくると少し厄介《やっかい》よ。〝ガイア〟の連中、根性悪《ワル》のくせに魔法だけはイケるんだから」

「わお」

無表情なこの返事に、真純は眼を光らせた。恫喝《どうかつ》の口調になって、

「あなた、人の言うこと何も聞いてないでしょ？」

「そんな」

「聞いてないわよね？」

「いや、まあ」

「やっぱり。ま、いいわ。訊きたいことがあれば、この男から引き出しなさい。手伝ってあげる」

「はあ」

せつらの返事と同時に、身じろぎひとつしなかったポリスの身体が緊張を失った。

「て……てめえ……痛《いて》え……痛えよ……もうやめてくれ」

低いどころか、すすり泣くような声である。

真純がまたも呆《あき》れ顔になって、

「涙が出てないから泣いてないわね。本当に凄い痛みは、涙も出ないというけど、それ？」

「はあ」

せつらはボリスの前へ行って、

「素直に答えたら、解放してあげよう。ボスは誰？」

「ローエングリンさんだ」

即答が来た。もって男の全身に食い込む妖糸の痛みを思うべきである。せつらは続けて、

「どんな術を使う？」

真純が愕然《がくぜん》とせつらを見たのは、この瞬間であった。恐怖の色が眼に広がる。はじめて、女魔法使いだ。

——魔女は、世にも美しい若者に恐怖を感じたのだ。

「あなた、〈魔法使い〉と闘《や》り合ったことあるの？　でなきゃ絶対に今の質問は出てこないわ」

「少し」

せつらはたちまちボリスへ眼を戻して、

「答えは？」

さすがに、即答はなかった。生活全般のみならず、その特異な存在ぶりから魔法戦も余儀なくされる魔法使いたちにとって、その術を他人に知られることは、まさしく死を意味するからだ。

この件で魔法使いたちと矛《ほこ》を交えるかも知れないと感じたとき、せつらもまた、核心を衝《つ》いたのであった。

「答えは？」

ボリスは顔を背《そむ》けた。

途端に声もなくのけぞった。骨まで食い入る痛みを示すべく、瞳が反転する。

すぐに戻った。

顔は虚ろだった。汗すら出ない。このとき味わった痛みが何に近いかといえば、すべての歯の神経を剝き出しにして、赤ん坊に棒で引っ搔《か》き廻《まわ》される
——これかも知れない。

「答えは？」

「ね、何してるか知らないけれど、もう一回やったら、こいつ死ぬわよ」

真純の声は上ずっている。これまでとは別の意味で呆れ返ったのだ。この美しい若者は、ただの呑気《のんき》者《もの》ではなかったのである。

せつらの自由を奪ったつもりが、指先は動かせた。それがせつらの〈魔法〉を可能にしたと、ボリスには最後までわからなかったろう。

「んじゃ」

せつらが右手を上げると、ボリスはふらふらと立ち上がり、操《あやつ》り人形みたいな足取りで屋上の端まで行くと、なんと、ひょいと防御壁《ぼうぎょへき》の上に飛び乗ったのである。

「やめろ」

とボリス自身が叫んだ。

「もう痛くない」

そして、ボリスは絶叫とともに自ら身を躍《おど》らせたのである。

「何するの⁉」

真純が眼を吊《つ》り上げて食ってかかった。

「あれって彼の意志じゃないわね？　あなたがやったのよね？　だったら殺人よ」

「いや、その」

「いつまでも可愛《かわい》い顔してとぼけてりゃ通用するってもンじゃなくてよ、この人殺し」

「人捜し」

「えーい、もう！」

身を翻《ひるがえ》して投身地点に走り寄る。防御壁に両手をついて身を乗り出す。

その眼の前に、ボリスが飛び上がってきた。

3

「きゃっ⁉」

と身を引いたのは当然だが、ボリスが直立不動のまま壁を飛び越えて着地したのは、当然とはいえまい。

呆然《ぼうぜん》と彼を見つめ、完全に失神しているのを確かめた真純の眼に驚愕の色が広がった。

「どうやったの？」

せつらの方を見ずに訊いた。恐ろしかったのかも知れない。地獄の苦痛と墜落の恐怖とを平然と与えて、自分は春風に吹かれるごときあの美貌が。

「糸」

真純がこの答えに、雷《いかずち》で頭を打たれる思いがしたことより、せつらを知る者にとっては、依頼人以外の質問に答えた事実のほうが、驚嘆すべきものであったろう。

「糸――そうか、聞いたことがある。どうやらこの街には糸でもって人を操り、鉄をも断つ人間がいるらしいって。ただ、どうしてもそれが見えないため、殺害された敵はもちろん、生き残った者も例外なく、何が起こったか見当もつかないんだろうって」

「はあ」

「あなただったのね。なんか、得体の知れない男だと思ってたら、こんな途方もない人間相手にしてたなんて、眼がくらみそうよ。ちょっと！」

真純が怒りに顔を歪《ゆが》めたのは、しゃべり終わらないうちに興味をなくしたせつらが、ボリスに片手を上げてみせたからだ。

途端に強制的飛び下り男は息を吹き返した。

ぼんやりと周囲を眺めてから、せつらに眼を当てて、ぎゃっ!?　と後じさったのは仕方あるまい。

そこにいるのは、春爛漫《はるらんまん》の人捜し屋ではなく、美しい魔人だったからだ。

「で、答えは？」

ボリスは、ひい、と呻《うめ》いて下半身だけで後じさった。

「もうよしなさい。私が教えてあげる」

最初から思っていたことを真純は口にした。美しい若者のやり口には我慢が限界に達していた。

「裏切り者になるよ」

〈魔法街〉の掟《おきて》はせつらも知っている。だからこそ、最初から真純は無視していたのだった。

「あなたのやり方を黙って見ているよりはマシよ。ローエングリンの得意技はねえ」

「気楽に言ってもらっちゃ困るな」

若々しい声が、二人をふり向かせた。

二人から五メートル――そこから高さ三メートルの地点に、黄金のマントが風になびいていた。〈空中浮遊〉は魔法の定番のひとつだが、重力を制禦するという高度技術のため、かなりの熟練者でも空中にうまく立てず、よろめいたり、ふらついたりする。マントを着た若い男のきりりと背を伸ばした優美な立ち方は、並々ならぬ技倆《ぎりよう》を示して余りあるものがあった。

「そう怖い眼で見るなよ」

男は真純にウインクして見せた。ここ以外なら、一〇〇歳の老婆《ろうば》から三歳の幼児まで頬《ほお》を染めて近づいてきそうな美形だ。

「裏切り者になるところを助けてやったんだぜ、MH《エム・エイチ》。イカれ同士のお茶会《ティー・パーティー》でも開いてほしいところだな」

「こんなところまで、わざわざご苦労さま」

親しみのかけらもない真純の声であった。与える眼差しも表情も、生まれながらの敵としか思えない。

「彼を襲ったのはともかく、一般〈区民〉におかしな真似はしなかったでしょうね、ローエングリン」

男は俯《うつむ》き、首を傾《かし》げ、上眼遣《うわめづか》いで、真純を見た。

「おれは、おまえにだけは正直者でいたいんだ」

「ありがとう」

「〈歌舞伎町〉で四人」

「あら」

真純の眼に凄《すさ》まじい光が点《とも》った。

「『鳴戸屋』の主人夫妻、息子と妻だ。もちろん、どう調べても我々の仕業とはわからない。店はいつ

ものままで、ただ四人だけが忽然と消えた。ビデオ・カメラにも異常はない。ＨＤにも、その日いちにちの状況は刻明に記録されている。ただし、我々の手になる加工映像だが」

「〝マリー・セレストの法〟ね。私が知った以上、見過ごしはできないわよ」

「かと言って、証拠がなければ、どうしようもあるまい。自供は翻《ひるがえ》されるものさ」

地上と空中と——男と女と——二つの影を殺気がつないだ。

場違いな声が、それをゆるめた。

「お取り込み中のようだ。これで失礼する」

「おいおい、色男」

男——ローエングリンがあわてて声をかけた。

「おれの技を知りたいんじゃなかったのか？　何なら見せてやってもいいぞ」

「本当《ほんと》に？　なら」

「よして——帰りなさい」

真純が敢然《かんぜん》と命じた。

「あなたが凄い人なのはわかっているけど、魔法使いは種類が違うわ。こいつと闘《や》るなら、魔法の初歩を学んでからになさい。彼はあなたを殺すつもりよ」

「これはご挨拶だな」

ローエングリンは頭を掻いた。

「おれは、赤ん坊の手をひねるような人間じゃあないぜ。魔法を見せてやろうというのは親切ごころからだ」

「あたしを口説いてるのも？」

「おい」

凄絶な怒気が端整な顔に湧いた。真純はツボを衝いてしまったのだ。

「実は耳が悪いので」

とせつらは、取りなすように言った。

「月も明るいし、これで」

「もうそうはいかないぜ。あんたの願いを叶《かな》えてやるよ」

「およし」

ローエングリンの右手がせつらを刺すように上がった。同時に真純の右手もローエングリンへと弧を描く。

押しつぶしたような声がローエングリンの口から漏れた。

彼の右手は手首から断ち切られていた。

これはローエングリン自身の傲慢《ごうまん》が招いた結果であった。

魔法をかける場合、指でさすのは、あくまでもパフォーマンスであり、相手を見る必要すらない。思わせぶりな行為の数瞬が死命を決するのが〈魔界都市〉なのである。その証拠に、真純もはっと右手を下げたではないか。

だが、わずかに顔を歪めただけで、ローエングリンは苦鳴ひとつ漏らさなかった。

声は出さず唇だけが動いた。


白い物体が床からせつらめがけて走った。

「手よ！」

真純の叫びにせつらは反応した。それが本能的なものであったか予定調和かどうかはわからない。

彼の眼前で白いものが飛んだ。それは五本の指であった。

不可視の守り糸によって五指を切り離された手は、自身も十文字に裂かれて、血煙とともに床へ落ちた。

「やるわね」

真純が大輪の花に笑顔をこしらえ、

「じゃあ」

軽く二人に会釈して、せつらはエレベーターの方へ向かった。真純も後に続く。

エレベーターの前で、

「カメラがあるわよ」

「何とか」

エレベーターのドア上にセットされたカメラが、

青白い光を放って沈黙した。せつらの妖糸にスパークさせられたのだ。

到着したエレベーター内のカメラを破壊するのも、この若者には造作《ぞうさ》もない単純作業に違いない。

「これで済んだと思うなよ。秋せつら」

空中からローエングリンの声が追ってきた。

押さえた左手指の間から太い血の帯をしたたらせ、美貌は蒼白《そうはく》だ。

「必ずまた会う。そのときは、今のようにはいかんぞ」

エレベーターのドアが閉まると、ローエングリンは音もなく床に下り立ち、横たわるボリスの方へ歩きだした。

「やめてくれ、ボス」

両手で顔をカバーする仲間へ、

「そう怖がるな、何もしないぜ」

抑揚《よくよう》のない声が内容を裏切っていた。

完璧《かんぺき》なセキュリティを誇るマンションを人知れずに脱出すると、

「家には戻らないほうがいいわよ」

真純が、誰にも納得できる指摘を行なった。ローエングリンの逆襲はこれからだ。

「うーむ」

せつらは少し考えた。首をちょん切っておけばよかったかな、と思ったのだ。そうしなかったのは、ローエングリンが何のちょっかいも出さなかったからにすぎない。手首を裂いただけで済ませたのは、殺すほどの敵対行為と見なさなかったからだ。

「うちへおいでよ」

真純が楽しげに言った。

「駄目」

せつらはにべもない。

「あなたがちょろまかしたHDも再生できるしさ。ローエングリンは察しがついても、〈魔法街〉の中じゃ手出しができない。全員を敵に廻すことになるからさ。それに――初歩魔法でよければ、教えてあげられるよ」

「伺《うかが》います」

せつらは頭を下げた。この辺、節操のかけらもない。

大通りに出て、タクシーを拾った。

行く先を告げてから、ふと気になって、コートの内ポケットへ手を入れた。

「ない」

と言ったのは、何度か確かめた後だ。

「鳴戸屋」からちょろまかしてきたHDは、機械でも神隠しに遭《あ》うと証明するかのように、忽然と姿を消していた。

第三章　コレクターあれこれ

1

「どうしたの？」

と尋ねる真純に、せつらはＨＤ《ハード・ディスク》が消えたことを知らせた。

「あーら、やられた」

真純は相好《そうごう》を崩《くず》した。ざまあみろ、という気分だったろう。

「あたしに冷たいからね」

「どっかで落としたかなあ？」

「糸で巻いてないの？」

「いや」

せつらはかぶりを振った。仕事に関する品は、影響のレベルにかかわらず妖糸を巻き付けて保管する。五〇キロ、一〇〇キロくらいなら平気で追いかけられるのだ。

「なら、これから捜《さが》しに行ったら？」

「糸が切れてる」

「あら」

千分の一ミクロンという太さは、チタン鋼の糸でも、ほとんど非存在と化せしめてしまう。一キロメートル分くらいは、電子測定器にでもかけなければ、数値が現われることはない。切断しようと刃をふるい、弾丸を放っても、その風圧で糸自体が浮動し、触れることはできないのだ。永久に。そんな存在しない糸による切断や緊縛は、ひとえに秋せつらの指先の神技による。

「切断部分はどうなってるの？　冷たい？」

そのとおりだと、千分の一ミクロンの切り口が伝えている。

「もしそうなら、考えられる手口はまず次元渦動《かどう》――ただ、その場合、吸い込まれた品の周囲にも異常が生じるわ。ポケットか身体《からだ》の一部に穴は開いてない？」

「いいや」

「じゃあ、もうひとつ――〝物体引き寄せ《アポーツ》〟よ。それなら、確実に、イメージした品だけを奪取できる」

「それだ」

せつらはのんびりと認めた。

安直ともいえる相槌《あいづち》の打ち方だが、〈新宿〉の闇《やみ》を生きる人間なら、今の二つは常識の内だ。

「ローエングリンの仲間にいる？」

術の使い手のことだ。

「いえ。〝アポーツ〟は至難の業《わざ》よ」

「なら、使える奴の住所と名前を教えてほしいな。数多くないよね」

当たり前のような口調に、さすがにカチンときたらしく、色っぽい唇を歪《ゆが》めて、

「気楽に言うわね。見返りは？」

「損得抜きでどう？」

「あなたが得するばっかりじゃないの。条件を出すわね。今晩、寝てくれない？」

「ノン」

「いきなりフランスになるんじゃないわよ。この条件で駄目なら、こっちがノンだからね」

せつらは小さく、うーん、と漏《も》らした。

真純は歯を剝《む》いた。

「これでも、〈魔法街〉や、バイト先の男どもからは、ひとり残らず口説かれてるのよ。あたしからこんなこと言い出すなんて奇蹟よ、奇蹟。少しは考慮したらどう？」

「うーむ」

「もう！――運ちゃん、停めて」

やりとりを聞いていた運転手はすぐブレーキをかけた。目的地を伝えたのは真純だったからだ。

さっさと車を降りようとする女魔法使いに、

「あの、魔法の手ほどきは？」

「いい加減にしなさい、このタコ！」

ドアが閉まる前に、真純は叩《たた》きつけるように閉めた。

大股で歩み去っていく後ろ姿を見送って、

「女性は気が短い」

せつらは、ぽつりと言った。

「お客さん、欲がないねえ」

と運転手が声をかけてきた。

「あんな色っぽくてグラマーな娘、そうそうはお目にかかれないよ。しかも向こうから口説いてるのになあ。おれだったら絶対、このままホテルへ運んでしまうけどな」

「慣れてるんだ」

「そら、この商売さ。〈新宿〉を知らねえど田舎《いなか》の観光客なんか、怖い話をひとつふたつ聞かせるだけで、震えだす。そういうとき、ホテルへつけて、少し休んで気を落ちつかせましょうって声をかけるんだ。一も二もなく二人きりになれるぜ」

——「淳二《じゅんじ》のタクシー」

とせつらは納得した。

〈新宿〉のタクシー業界の厳しさは〈区外〉の比ではないが、それでもかなりのモグリが混じっている。客を目的地へ連れていくだけならともかく、ほとんどはあの手この手で料金以外の稼《かせ》ぎを増やそうとする。

「淳二のタクシー」はその一例で、話術の得意な運転手が、〈新宿〉ならではの怪異譚《たん》を、滔々《とうとう》と効果充分にまくしたてるのだ。話の内容はもちろん、不安感を掻《か》き立てる電磁波や超音波発生装置も怠《おこた》りないから、聞かされた客は恐怖のあまり失神寸前に陥《おちい》る。そこを衝《つ》いた悪質な犯罪に、〈新宿警察〉の交通課や〈区〉も眼を光らせているのだが、犯行件数が減ったとは言えない。名称の由来は、昔、〈区外〉にいたタレントの名前らしいのだが、せつらには関心もなかった。

「おっと、しゃべりすぎ、しゃべりすぎ。お客さん、内緒にしといてくれよ。もし警察《サツ》なんかに密告《ちく》ったら、〈新宿〉中捜し廻《まわ》ってもお返しさせてもらうぜ。で、どちらまで?」

タクシーはまだ動いていない。

メーター料金だけ払い、せつらは車を降りた。運転手は文句を言わなかった。

タクシーが走り去るとすぐ、せつらは携帯を〈新宿警察〉へつなぎ、運転手の話と記憶しておいた姓名、タクシーのナンバーを告げてから、家へ戻った。

ローエングリンが攻撃用魔法でもかけてるかと思ったが、職業柄、ガレーン・ヌーレンブルクが存命の折に守護魔法をかけてもらってある。よほどの魔法使いでもちょっかいは出せないはずだ。

こういうとき、外谷良子《とやよしこ》という頼りになるでぶがいるのだが、電話をかけたら、食中《しょくあた》りで入院中だと留守電が伝えた。お見舞い大歓迎。

役立たず、と告げてせつらは電話を切った。

他にいくらも情報屋はいるが、後で外谷が知れば嫌がらせをしてくるに決まっている。電話に出たら、おまえは太って死ぬだの、肥《こえ》地獄へ落ちるだのダミ声でささやく程度だが、一年もやられると、うんざりする。

明日考えることにして、せつらは眠りに就《つ》いた。

翌朝、郵便を取りに出て、面白いものを見た。

郵便ポストの足下《あしもと》に、白いものが蹲《うずくま》っている。せつらに気づくと、それは四本の脚を生《は》やして去った。

郵便ポストには、請求書の他にモデル・クラブからの勧誘、裁判所の出頭命令書が詰まっていた。その中で、真っ白い封筒がせつらの眼を引いた。宛名《あてな》も差し出し人の名前もない。

部屋へ戻って開けた。

同じく白い便箋《びんせん》が封じてあった。何も書いていない。

せつらは首から提《さ》げた、ガレーン・ヌーレンブルクのペンダントで表面を撫《な》でた。思うところがあったのである。

みるみる便箋は、生まれつきの才能に努力をプラスした美しい文字を露《あら》わにした。

七つの名前と住所。

「ふむ」

とつぶやいたとき、ドアの向こうで、ニャン、と聞こえた。

出てみると、垣根の上に、さっきの白い塊《かたまり》が乗って、せつらと眼が合うや、またもや猛スピードで飛び下り、走り去ってしまった。

「どーも」

とせつらは声を投げた。封筒の送り主に違いない。

調べてみると、七人のうち五人はすでに死亡していた。全員、自殺と発狂、密室からの失踪であった。

——ロクな末路じゃないな
せつらは朝食の後で、近いほうの住所へ向かった。


〈新大久保駅《しんおおくぼ》〉近くの借家は、築三〇〇年は経《た》っているように見えた。

妖糸を放つと、すぐ反応があった。男女の苦鳴である。

家から一〇メートルばかり離れた路上で、せつらは糸による走査《スキャン》を行なった。

浴室と六畳の寝室が、男たちの作業場だった。

身体の一部を少しずつ切り取って、その傷口へ熱いシャワーを浴びせるのは拷問《ごうもん》の初歩の初歩だが、溢《あふ》れた血はたちまち洗い流せるという利点があった。

特殊なロープと滑車で天井から吊《つ》られた獲物の膝《ひざ》から下は、両足とも白い骨をさらけ出していた。

血管収縮剤で出血は防いであるから、獲物はまだ生きている。最初は凄《すさ》まじかった獲物の抵抗も、出血と男たちの執念のせいで、ほとんど失われていた。全裸でマスクが口をふさいでいる。

「まだ、払う気にはならねえか？」

と男は訊《き》いた。作業の関係上、全裸であった。手には何本目かのメスが握られていた。

「たとえ魔法使いでも、魔法封じの護符を貼られりゃこんなもんだ。早いとこ話したほうが楽になれるぞ」

開け放たれたドアの向こうから、女の喘《あえ》ぎ声が熄《や》むことなく続いている。はじめは激しい怒声だった。それが悲鳴と哀願に変わり、大分前から、恍惚《こうこつ》の声ばかりだ。

ベッドの上で、二人の男が豊満な女体にのしかかっていた。

ひとりは何度も征服した乳房へ舌を走らせ、もうひとりは股間に顔を埋めて舌を鳴らしている。

ときどき、乳房を責めている男が歯を立てると、そのタイミングのよさに女は悲鳴を上げた。

声を漏らさないマスクも、いつの間にか外され、男が唇を重ねると、女は自分から舌を入れて求めた。

右手は男の器官を握りしめてから淫《みだ》らな動きをやめていない。

「よっしゃ、これで大丈夫だ。交代しな。また姦《や》るぜ」

女をベッドに俯《うつぶ》せにしてから、二人は位置を変え、股間を責めていた男が顔の前に仰向《あおむ》けになると、そそり立った品を濡《ぬ》れ光る唇に突きつけた。

女は躊躇《ちゆうちよ》せず舌を使いはじめた。

尻へ廻った男は、その部分をいじってから指を進入させた。ぬかるみに根元まで沈んだそれを動かすと、女は絶叫した。男の別の指は、もうひとつのすぼみに潜《もぐ》り込んでいた。

悲鳴を上げながら、女は口にしたものを責め立てた。その顔と行為が男を昂《たか》ぶらせた。

不幸なことに、骨まで食い込む痛みが二人を硬直させたのは、昇天する直前であった。

玄関の方から上がってきた若者の顔は、そんな状態の二人さえ恍惚とさせた。

「いいところへ失礼」

一瞬のうちに二人の凶漢を金縛りにした〈美しき魔人〉は、挨拶《あいさつ》と会釈を欠かさなかった。

2

浴室の男は、見つかってもとぼけられない職業柄、勘が鋭かった。

女の喘ぎが途絶えた時点で、バス・カバーに載せた作業箱からごつい釘《くぎ》打ち銃を抜き出し、引金《ひきがね》に指を掛けてドアの方へ向けた。

脱衣場の床に人影が映じた刹那《せつな》、男は引金を引いた。高圧ガスで発射される五寸釘の速度は四〇〇メートル／秒《セコンド》だ。音速《マッハ》を超す。

ドアの曇りガラスに、釘の太さだけの穴が開いた。ハイ・スピードのせいで、ひびも入らない。

影は浴室の前で、秋せつらの形を取った。


ガラスのほとんど頂点に開いた貫通孔を見てから、釘打ち銃を高々と掲《かか》げたままの男に眼を移す。

喜劇じみた一発目は、構えた右腕を力技で持ち上げた妖糸の仕業《しわざ》であった。

シャワーを出しっぱなしだが、お湯の溜まった床の隅は真紅《しんく》の浴室を覗《のぞ》き込むと、せつらはぶら下げられた全裸男に向かって、

「伺《うかが》いたいことがあって参上しました。勝手に上がって失礼します。佐久間親兵衛《さくましんべえ》さんでしょうか？」

と訊いた。

うなだれた顔が力なくうなずいた——途端にロープが切れ、男は紅《あか》い床に落ちて身を震わせた。

妖糸を使って自力で居間まで歩かせ、せつらは、救急箱を用意していた女に、佐久間を手当てさせた。肉を削《そ》ぎ取られた部分は、合成蛋白《たんぱく》の一種でふさぎ、大量の鎮痛剤とビタミン、ミネラルを投与する。

佐久間はすぐに回復したが、居間のソファに横た

わったままだ。

　事情を説明してＨＤの返還を求めると、佐久間は女に取ってこいと命じた。

　奥の部屋からやって来た品は、間違いなくあのＨＤであった。

「助けてもらったんだ。大した礼にゃならんが持ってってくれ。どうしても現金が必要だったんで、失敬しちまった。悪かったな」

「なぜ、あのＨＤを？」

「前から狙ってたのさ。『鳴戸屋』には、あんたただって想像もできない〈区外〉のＶＩＰやらセレブやらがお忍びで訪問してくるんだ。ショー・ウインドーに飾ってある品な。あれはホログラフィで、客によって、毎回変わるんだぜ。冷やかしなら腕時計や安物の宝石、セレブなら千万単位の指輪やネックレスっていう風にな。あんた、どうだった？」

「見なかった」

　本当はひとつだけ眼に入った。国産の万年筆である。

「そりゃよかった。本物の逸品は、『鳴戸屋』の奥の金庫で、買い手を待ってるんだ。もちろん、ダイヤや黄金やＥ・Ａ・ポーの未発表原稿じゃねえ。女なら誰でもよがり狂う品だよ」

「はあ」

「『鳴戸屋』が一〇〇年以上も続いたのは、そっち方面の品の充実ぶりが素晴らしかったからだ。あの家の店主は代々世界中を廻って、その手の品を収集しつづけた。地下のルートでその話を聞きつけた好き者どもが日参するのも無理はねえ。あんたは知らねえかも知れんが、あそこは〈新宿〉でも屈指の大取引が日立てで行なわれてるメッカなんだ。その中のひとりぐらいあのＨＤから選び出し、ささやかな金を強請《ゆす》ったからって、罰《ばち》は当たらねえだろう」

「ＨＤより、奥の品をひとつふたつ呼び寄せたほうが早くないか？」

「冗談じゃねえ、あんな汚《けが》らわしい品、使えるか。

これは真っ当な商取引なんだ」

よくわからない、とせつらは思った。佐久間によると、「鳴戸屋」に掛けてある守護魔法を破るため、様々な文献に眼を通し、ようやく探し当てて「鳴戸屋」へ出向いたら、以前顔を見たことのあるローエングリンの部下たちが入っていくところだった。

これは危《ヤバ》いと外で待っていたら、一〇分もせずに出てきた。

そのとき、ひとりが魔法除《よ》けの呪文に守られた奥の金庫をなじり、ＨＤがなくなったと罵《ののし》ったのである。どっちが本命かはわからないが、佐久間はその足で、近所にある二四時間営業の電機量販店に駆け込み、記憶していた「鳴戸屋」のビデオに内蔵されているＨＤと同じ品を見せてもらった。

アポーツには苛烈な精神集中が必要なのである。

時間的に、せつらのポケットからＨＤを呼び寄せたのは、彼とローエングリンとの屋上での対決が片づいた頃であった。

早速、二四時間営業の電機店に持ち込み、購入した同型のカメラに装着してもらい、強請りの当たりをつけてから休んだ。

今朝、もう一度チェックし終えたときに、今や彫像と化した三人組が侵入してきたのである。

佐久間にはかなりの額の借金があった。当人は踏み倒したと思っていたのだが、貸したほうはそう考えなかったらしい。

「あいつらは『拷問屋』だ。まさか本気で寄越《よこ》すたあ思わなかったぜ。見てろ、必ず雇《やと》い主どもにお返ししてやるぜ」

怒りのあまり、鎮痛剤の効《き》き目も忘れて、佐久間は歯ぎしりした。

「じゃ、後はまかせる。失礼」

ＨＤを手にせつらは立ち上がった。

「お、そうかい。な、この件はひとつ内密に――」

「はい」

女がドアまで送りに出た。

せつらが黙礼すると、

「また……会えるかしら?……」

せつらははっきりと首を横に振った。

「残念ですが」

「……そうね……あんたみたいな……人が……あたしのような……女のこと……すぐに忘れてしまう……よ……ね」

この女も四、五日は魂を入れない人形のように過ごすだろう。そして、自分を取り戻しても、胸の奥に美しい人捜し屋の面影《おもかげ》を抱いて一生を送ることになる。女は人外の魔性《ましょう》に魅入られてしまったのだ。戻された魂には何かが欠けているのだった。

せつらは〈新大久保駅〉近くの電機店で、HDのデータをディスクに焼いてもらった。背後にラブホテル街を控えた店は、様々な要求を求めるカップルのために、あらゆる電子的サポートを行なうのが売りだ。

そこを出てPCルームへ入った。

コンピュータが受付の店を選んで部屋を取り、ディスクをセットした。カップル用の部屋にはソファとデスクの他にベッドもある。PCを利用するのがビジネスマンとは限らない。

画面表示には、二日前の一八時に作動開始と出た。

次々と来店する客たちは、必ず店内を見廻して隠しカメラを確かめ、変装の有無にかかわらず、わざわざ顔をさらした。

故買屋だから、売りに来る連中がほとんどで、買いに来る連中は極端に少ないのが常識だ。それが「鳴戸屋」では、ほぼ半々であった。

佐久間の言葉どおり、ショー・ウインドーの陳列物は、客に応じて変わり、売りに来た連中はそれらに眼もくれず、仕切り板のこちらと向こうで取引を完了させ、早々に引き上げたが、半数の客は品定めに時間をかけ、奥へと消えていった。

顔馴染《なじ》みが一一人、顔見知りが三四人を数えたところで、せつらは最初の目標を発見した。

昨日の一四時二九分に入店したベルナルディは、カメラに素顔をさらしてから、あの老人に大丈夫だろうなと念を押した。顔が外へ漏れないかと確認したのである。老人が保証し、交渉に入った。ディスクには声も録音されている。

真純とせつらの前で告白した値段を老人が言いだし、ベルナルディは即応した。

品物を渡して金を受け取り、退店するまで一〇分とかからなかった。

飛ばし見に戻ろうかと思ったとき、パンティをためつすがめつしていた老人が、かたわらのＰＣに何やら打ち込みはじめた。

すぐに指を止めて、本体横のスリットから出てきた細長いシールを、テーブル横の箱から取り出しておいたシール用のプラスチック・ケースに差し込んだ。

表のシャッターを下ろしたのは、用心深いというより当然の行為である。

ＰＣのキイひとつで仕切り板を上げると、老人はショー・ウインドーに近づき、指紋錠に人さし指を押しつけ、ガラスを横に開いた。

並んだ品をずらして作ったスペースにパンティを入れるまでは大雑把だったが、ガラスを閉じてから一歩下がって柏手《かしわで》を打ち、恭《うやうや》しく頭を下げる姿は、なかなかに感動的であった。

リモコンを操作し、画面を仕切り板からショー・ウインドーへ向かうところまで戻して、せつらはデッキのズームを利《き》かせた。

六〇倍でようやく、ケース内のシールの文字が読み取れた。

「Ｍ公国のグレース王妃ご着用」とあった。一億の値段を読んだとき、せつらは軽い溜息《ためいき》をついた。ベルナルディが売り飛ばしたのは一〇〇万であった。

Ｍ公国のグレース王妃といえば、国王との結婚前、世界的名声を博していた美人女優だが、せつらの記憶にはどんな形で刻み込まれていたものか、彼はすぐ早送りに移った。

その人物がパンティに眼を留めたのは、同じ日の二〇時三〇分——せつらが「鳴戸屋」を訪れるわずか三〇分前であった。頭がひどく薄い中年男である。スーツ姿だが、サラリーマンには見えない。

興奮した風で仕切り板に近づき、

「あのパンティは本物かい？」

「シールに書いてあるとおりです」

老人は顔も上げずに答えた。

「グレース王妃のご愛用か——」

呻《うめ》くように言って、

「買った」

と叫んだ。絶叫と言ってもいい。ファンに違いない。ごつい顔が興奮の汗にまみれていた。

「現金払いですよ」

「黄金《きん》では？」

「結構です」

男は手にしたアタッシェ・ケースを開けると、分厚い金塊を三本摑み出した。

ようやく老人が顔を上げ、仕切り板を開けて受け取り、金塊を一本ずつ横手の分析器にかけて、すぐにうなずいた。偽物ではないことを確かめたのである。

老人はガラスを開け、ショー・ウインドーから品物を取り出して男に手渡した。

その間、男は仕切り板の前——白い枠に囲まれた位置を動かなかった。商談が成立した時点で、自動的に隠し武器がその位置に焦点を合わせる。老人が品物を渡して仕切りの向こうに戻るまで、一歩でもそこを出れば容赦《ようしゃ》なく処分されるのだ。〈新宿〉の商取引とはかくのごときものである。

男の顔が映ったカットで画面を止め、せつらはPCをインターネットにつないだ。

〈新宿〉といえど、あらゆる人物の照会は不可能だ。せつらにはそのための武器があった。

コートの内側からつまみ出したミニ・チップをPCにセットし、キイを叩く。

〈区役所〉、〈新宿警察〉、情報屋、五〇を超えるソースからハッキングした情報をぶち込んだチップは、その一〇〇エクサバイトの容量をもって、〈新宿〉に関するあらゆる情報を、分刻みで更新、せつらの要求に応じて送り届けるのであった。

パンティ購入者の名前と住所は二秒と待たずに画面を彩《いろど》った。

丹久丹九郎《たんくたんくろう》、四一歳。〈新宿二丁目〉で、玩具店「トゥーランドット」を経営する遣り手《やて》社長で、この国はおろか世界的に有名な珍品コレクターであった。

3

丹久の家を訪ねる前に、せつらは〈新大久保〉の駅前にある四川《シセン》料理店で食事をした。

五目海鮮粥《がゆ》に、酢豚、極辛酸辣湯《サンラータン》を注文すると、まだ若い女店員が虚《うつ》ろな眼つきで、

「これとても辛《から》い」

と言った。せつらの顔を見た者の運命である。

「はあ」

「やめたほうがいいよ」

「ご親切に」

「やめないつもりか?」

「はあ」

「後で後悔するよ」

「いいから」

さすがに面倒臭くなったらしい。

女もあきらめなかった。

「他人《ひと》の親切は聞いたほうがいいよ。ここだけの話だけど、うちのお客、何人もこのスープで痔《じ》になってる」

「ほんとに?」

「嘘つかない。まだ間に合う、やめなさい。きゃっ⁉」

いきなり、突き飛ばされた。いつ厨房《ちゅうぼう》から出てきたのか、白衣姿の親爺《おやじ》が、怒りに顔を歪めて、

「店員のくせに、商売の邪魔をしてどうする？　お客さん、大丈夫ね。酸辣湯イケるよ」

「嘘よ」

と女店員が反撃した。

「痔になったと文句つけてきた人、一〇人以上いる。それでも店長やめない。お客さんもまた注文する。SとMね」

「もう結構」

せつらは立ち上がった。

「こら待て」

その肩を店主が丸太みたいな太い腕で摑むや、自分の方を向かせた。

あれ《ヽ》が《ヽ》起きた。

顔――どころか、全身の筋肉をたるませて、

「うちのスープ、やめたほうがいいね」

ぼんやりと言った。女店員が拍手してうなずいた。

せつらは無言で店を出、四軒ばかり離れた別の中華料理屋へ入った。

同じものを注文した。

同じくらい若い女店員が、

「酸辣湯、極辛があります」

と言った。

「普通ので」

「はい」

そこへ店主がやって来た。また禿頭《とくとう》に白衣姿の中年男だった。前のと決定的に異なるのは、せつらに背を向けていることであった。正しいせつらの扱い方を知っていると言えた。

「出てってくれ」

「は？」

「前にも同じことがあった。あんた〈区役所通り〉

の医者を知ってるだろ?」

「少し」

「あいつが一度来た。地獄のようだったね。女の子は注文を間違える。皿を下げる途中で、お互いぶつかる。他のお客の席に中身をぶちまける。おまけに、そいつは注文を取り消して出ていっちまった。それで済めば万歳だけど、女の子たちがみな物思いにふけりだし、何を言っても上の空。やめさせるしかなかったね。噂《うわさ》じゃ、まだぼんやりしてるそうだよ」

「いつの話?」

「半年になるね。女房とも別れたよ」

「どうして?」

「女の子のひとりが女房だったのよ」

「いい弁護士を紹介しようか?」

「うるさい。出てけ、第二の疫病神《やくびょうがみ》」

三軒目に選んだのは広東《カントン》料理店であった。料理はすんなり出てきたが、女店員がおかしくなったため、またも店主が現われたが、女だったせいで、罵《ののし》られもせずに、せつらは店を出た。

溜息をついたとき、猫の鳴き声が聞こえたような気がした。


〈余丁町《よちょうまち》〉の高級マンションに丹久はいた。平日の昼下がりである。あまり商売熱心とは言えないようだ。豪華な居間で応対に出たのは当人であった。マンションのグレードからいって家政婦の二、三人はいてもおかしくない。顔立ちを見ても、社長面《づら》——他人など信用せんぞと口をへの字に結んでいる。

最初、玄関外のインターフォンで用件を伝えると、

「あれは、僕が買ったものだ。返せなんてとんでもない。一〇倍の値段でも断わる」

とケンもほろろだったのが、せつらが奥の手を出すと、

「――本当か？　わかった、上がりたまえ」

と震え声で許可した。

ドアの向こうには大理石造りのホールが広がり、拳銃とプロテクト・スーツに身を固めた私設のガードマンが二人立っていた。

黒いヘルメットと電子ゴーグルを着けていたが、このゴーグルは昼の光と変わらず、視覚を構成するから堪《たま》らない。二人して支え合うかと、せつらが思ったほどよろけて、片方が、

「丹久さんのところか――よくOKが出たなと思ったが……」

「こんないい男じゃ仕様がねえ。おたく、眼が見えない相手以外ならどこにだって入れるだろ」

「どーも」

と言って、せつらはエレベーターに乗り込み、丹久氏から聞かされた暗証番号を押した。

九階のドア・チャイムを鳴らすと、女性が出た。

ラテン系の顔立ちで、セーターの胸は大胆に突き出している。腰のくびれからヒップへの線は、垂涎《すいぜん》ものだった。

せつらはしかし、最初から女性の背後の光景に気を取られていた。

写真集で見たどこかの国の王宮を思わせる豪華なホールの真ん中で、三メートルもありそうな大灰色熊が、両手を広げてこちらを見つめている。

剝製《はくせい》とわかるのは、頭から被《かぶ》ったガラス・ケースのせいだ。子供なら、ケース付きでも牙《きば》と爪《つめ》のリアリズムに、粗相《そそう》しながら泣き叫ぶだろう。

とどめを刺すように、シャンデリアの下には、翼長五メートルを超す大鷲《おおわし》が悠々と翼を広げていた。大熊は彼を迎え撃とうと手を広げているのかも知れない。

これだけで、気の弱い来訪者なら卒倒しかねないのに、最後の最後に最高の役者が用意されていた。

青緑と銀の模様の美しさは、どのような才能も及ばぬ自然の作品だった。それは巨大な――直径五メ

ートル、高さ一メートル超に及ぶ段状の台地をこしらえ、そこから長い首と平らな頭が持ち上がって、五メートルほどの高みから、こちらを見下ろしていた。

アフリカ産の大蛇には、南米のアナコンダを凌《しの》ぐ大物がいるが、これほどのサイズは他にあるまいと思われた。

客を驚かすのを、歓待の第一歩と考えている主人には、洋の東西を通してロクな奴がいない。

表情ひとつ変えないせつらを、夫人らしい女は、これも無表情に見つめていたが、せつらと眼が合うと、柔らかそうな白い手で奥へのドアを示して歩きだした。

「――で、あのパンティが祟《たた》るというのは本当なのかね？」

怯《おび》え声で訊く丹久には、強面《こわもて》の面影《おもかげ》はかけらもない。パンティは奥に保管してあるという。

「はい」

「グレース王妃は、ろくでなしの子供に死ぬまで悩まされ、最後は自殺同然にスポーツ・カーごと崖《がけ》から落ちて死んだ。その彼女がもっとも愛用していたパンティというのがこれか？　確かに豪華な品だが、君は彼女の女優時代の通称を知っているか、〝クール・ビューティ〟だぞ。とても、あんな派手な品を身に着けるとは思えん」

「観ていませんので。ただ、あのパンティを手に入れた人々が、深夜に女性のすすり泣く声を聞くというのは本当です」

ここで本当らしい、とか濁《にご》すのは良心が残っている証拠だ。

コレクターという種族は、欲しいものを手に入れるためには手段を選ばない。同じ品を争い、負けたほうが首を吊ったなどという話には事欠かない。

そのくせ、超自然的存在には弱いという奇妙な血脈を持っているから、話はこじれてくる。

一例を挙げると、奴隷解放で有名なリンカーン大統領。今なお安らかに眠っておらず、ワシントンのあちこちに出没するというこの偉人の愛用していた護身用拳銃――なんとデリンジャーだ――は、知られている限り二八人のコレクターの手に渡っているが、うち八人がこれで頭を射《う》ち抜き、一一人が別の手段で自殺、残りも失踪、行き倒れ、救貧院で死亡等《など》、悲惨としか言いようのない末路を辿っている。

――この話を聞いて、あるコレクターはあっさりと、金銭には代えられない武器を手離してしまった。

これが丸っきりのフェイク――嘘っぱちだったのである。

そのコレクターがリンカーンの武器を手に入れるには、二十数年の歳月と数億円の資金を費《つい》やしたという。いわれのない呪いをでまかせと見破るには、専門家への電話一本――数十円で済む。怯えきったコレクターはそれさえしなかったのである。


せつらがこの件を知っていたかどうかは不明だが、類似の噂は耳にしていたに違いない。効果は充分に上がったのだ。

「しかし、あれか、グレース王妃はそれほどこれにご執心だったのかね。とても信じられん」

「個人の趣味の問題には、深入りできません。で、譲っていただけますか?」

「いいとも」

丹久はぼんやりとうなずいた。彼もせつら病に罹《り》患《かん》してしまったのだ。せつらを見つめたきり、まともな表情も作れない。

「一億は――」

「それなら、元の持ち主が支払ってくれるはずです。とりあえず、先に品だけ戴《いただ》いて、支払いは後からということで」

とんでもない悪辣《あくらつ》な言い草である。血を見てもおかしくない。しかし、丹久は、とんでもなさでは上をいく台詞《せりふ》を吐いた。

「金はいい。ただ、もう少し調べさせてくれ。写真も撮りたい」

「はい」

断わる理由はなかった。せつらにも、少しは胸に咎《とが》めるものがあった。

よろめきよろめき、丹久は隣室に消えた。

その間にせつらは周囲を見廻し、さすがの春風《しゅんぷう》駘蕩《たいとう》男が、

「うーむ」

と腕組みして唸《うな》ったものだ。困惑ではない。心底、感心したのである。一〇〇畳ものリビングは、それなりの調度を配置すれば、超一流ホテルのスイートも顔色《がんしょく》なからしめる豪華さを誇っていた。

それが博物館と化している。壁という壁は窓も無視して、コレクションのサイズに合わせて一〇層にまで仕切られたガラス張りの陳列棚が埋め尽くし、床も標準サイズの陳列台が三〇以上占めている。

丹久がいなくなると、入れ替わりに夫人が現われ、近くの棚を指さした。

案内するという意味だ。言葉が不自由らしい。

誘われるまま、せつらはケースを覗き込んだ。

小指の先の十分の一もない小さな赤い靴が三〇足ばかり並んでいる。

解説文を見る前に、

「何ですか？」

と訊いてしまい、夫人に付属のカードを指さされた。

「蛇用の靴／アンデルセン作」

とあった。

第四章　コレクター的欲望

百足《むかで》用ならわかるが、足のない生物用の靴というのははじめてだ。しかもアンデルセン作――眉唾《まゆつば》に決まっている。

白い指が隣《となり》のケースに招いた。

小さな木製の牙《きば》――サイズからして、それも蛇だ。何か大物のイミテーションだろう。

カードには、

「クレオパトラを咬《か》んだコブラのための義牙《ぎが》／作者不明」

どう眼を凝《こ》らしても、油《オイル》で艶《つや》出しした新品だ。一〇〇〇年どころか一年も経《た》っていまい。

「眼福です」

と言うしかなかった。

1

三つ目のケースに移ったところで夫人は呼ばれたが、せつらはソファへ戻らなかった。

ばかでかい水車を両舷《りょうげん》に付けた蒸気船のミニチュアには、

「永久機関によって、永久に止まらず進む船：ただし作動は不定期／G・キャンベル作」

「不定期にしか動かない船が、なぜ永久機関？」

せつらの問いに答える者はない。

他にも〝キリマンジャロの登山路で凍りついた豹《ひょう》の尻尾《しっぽ》〟の一部やら、千里眼《せんりがん》カメラで撮《と》った未来のミニチュアやら、どう考えても、どう見てもぺてんとしか思えない。

「珍品コレクター」

とつぶやいたとき、夫人がコーヒーを運んできた。

テーブルに置いて立ち去った後に、笑顔だけが残

った。

「ミルクと砂糖は欠かさずに」

とつぶやいて、ひと口飲んだ途端、軽いめまいがせつらを捉《とら》えた。


次に眼を開けると、手術台の上に横たえられていた。

天井には手術用ライトがぶら下がっている。ひとつだけ――南向きの壁に窓があり、分厚い遮光《しゃこう》カーテンが下りているが、せつらには見えない。

いきなり、ぬう、と頭上から顔が出た。

手術用のグリーンのフードとマスクを着けた丹久であった。右手にはメス。準備は万端のようだ。

「これは驚いた。まだ薬が切れるはずはないが、まさか効《き》いていない――いやいや、ここまで無抵抗できたんだからな。動けるかね？」

せつらは無言である。

「よしよし。しゃべれるか？」

「いいえ」

「よし」

とうなずいてから、えーっ⁉　と叫んだ。

「――ととぼけとるのか、このハンサムは？　まさか動けるんじゃないだろうな？」

手術前から青ざめる顔へ、

「何の手術です？」

とせつらは訊《き》いた。

「君の顔だ。表皮を切り取らせてもらう。それを保存処理してコレクションだ」

「なぜ？」

「君こそ私のコレクションで最高、かつ唯一の価値ある作品になるからだ。さっきのコレクション・ルームで、ケースのひとつを覗《のぞ》けば、眼の見えない人間でも、これはガラクタとわかる。二〇年のコレクター歴を重ねた結果があれだ。費用は軽く五〇億を超えている」

「かかるものですねえ」

「乗りかかった船だと、毒も薬も飲んでみたつもりだが、最後に残ったのはあのガラクタの山と、昼過ぎに交換した妻ばかりだ」

「はあ？」

「まだわからんか？　妻は人間じゃあない。人造人間だ。チェコの科学者がこしらえたと元の持ち主は言っとったが、本当かどうかはわかったもんじゃない」

「冷静な判断が下せるようですが」

「――なぜ、詐欺《さぎ》に引っ掛かったのかと訊きたいのかね？　競馬でスリっぱなしなのに、いつまでもやめられない人間がいる。彼らはそれまでに注《つ》ぎ込んだ金が惜しいのだ。いつか、丸ごと取り返して、大《おお》儲《もう》けできる大穴の日がやって来る。それを信じて、ない金を工面し、連日、競馬場を訪れる。いつの日にか――この残酷な希望がある限り、彼らは馬券を買うのをやめることができないのだ。私も同じよ。愚《おろ》かとわかっていても、いつでもやめることができると知っていても、コレクションを中止することは不可能なのだ」

「お疲れさまです」

「全くだ」

丹久はしみじみとうなずいた。

「ところで、パンティは？」

「すまないが、もうここにはない」

「は？」

「今、女房と交換したと言ったろ。それがあれだ」

「どうして、また？」

「自ら摑《つか》んだ屑《くず》は、そうやって別の屑と交換するしか、自分を慰《なぐさ》めることはできんのだ。笑ってくれ」

「ははは」

「ハンサムの割りには付き合いがいいな。よろしい。そろそろ頂戴《ちょうだい》するとするか」

「その前に」

「何かね？」

「交換した相手は？」

「別のコレクターだ。名前は与佐野忠明《よさのただあき》。〈荒木町《あらきちょう》〉の×の××にいる」

「それはどーも」

メスが近づいてきた。

その手首を白い細い手が摑んで引き戻した。

人造人間の夫人であった。

「貴様——何をする⁉ でく人形の分際で。そうか、この男に惚《ほ》れたな。与佐野も言っていた。おまえはときどき人間そっくりになるってな」

絶叫する間に、中年男の顔は何度も変わった。

機械の怪力でドアの方へと引きずられながら、彼は自由なほうの手を薬品棚のガラスに叩きつけ、必死に一本の瓶《びん》を摑むや、夫人の顔に叩きつけた。

煙が上がった。

瓶の中身は酸だったのである。

だが、人造人間が苦痛を感じるはずはない。丹久の行動もその辺を思考の外へ放逐《ほうちく》した、無意識の愚行であったろう。

「あれ？」

とせつらがつぶやいた。

夫人は丹久を放し、両手で燃える顔を覆《おお》った。その仕草は絶望する人間そのものであった。

丹久は少し離れたところに置かれたケースへ走り寄り、並んだメスの一本を摑んだ。

顔は発狂していた。

右手を振りかぶってせつらへと突進する。

窓ガラスを千の破片と変えて、白い塊《かたまり》が飛び込んできたのは、その瞬間だった。

横殴りの一撃を右頰《みぎほお》に受けて、舞踏家のごとくきりきり舞いしつつ壁に激突するまで、丹久には何が起きたのかわからなかったろう。

崩《くず》れ落ちる肘《ひじ》がメス・ケースを引っ掛け、床が金《かな》切《き》り声《ごえ》を上げた。

そのさなかに、せつらが横たわるベッドのそばで、女の姿になった白い塊が、あら？ と不思議そうな声を上げた。

「ひょっとして、演技《パフォーマンス》？」

せつらは平然と身を起こし、手術台の端に腰掛けたところだった。麻酔薬の影響など微塵《みじん》もない。薬物攻撃に対処すべく、何年か前にメフィスト病院で体内に埋め込まれた〝賢者の石〟が、あらゆる毒素を中和してしまうのだ。

コーヒーに含まれた睡眠薬が上げた効果は、最初の軽いめまいだけで、以後もせつらの心身は自由のままであった。動けぬ人形を演じていたのは、丹久の出方を見て、つけ込む隙《すき》を狙っていたにすぎない。

人造夫人と白い娘――真純の救援は予想外だったが、二人がいなくても、丹久は、〈美しき魔人〉に、指一本触れられなかったのだ。

「この部屋、その辺の病院にも負けない道具が揃《そろ》ってる。こいつ何回も使ってるわよ」

周囲を見廻してから、

「ねえ、どうしてここへ来たか、訊かないの？」


真純の不満そうな声などどこ吹く風で、せつらは丹久の方へ、腿《もも》に置いた右手の人さし指を向けて、軽く曲げた。

凄《すさ》まじい勢いで丹久はせつらの足下《あしもと》まで滑走し、ぴたりと停止した。

「殺さなくてもいいでしょ。あなたは無傷だし、こいつの頬と顎《あご》の骨は修復不可能なくらいバラバラよ。それで納めなさいな」

「僕は納めてもいいんだけどな」

「え？」

真純の真下で丹久の全身が弓なりに反《そ》った。背骨をへし折るほどの痛みが襲っているのだった。

「やめて！」

真純がせつらの腕を摑む前に、丹久の眼球が反転し、口から唾液《だえき》が溢《あふ》れた。床に落ちた身体《からだ》が正常な痙攣《けいれん》を繰《く》り返す。せつらの妖糸が解《ほど》けたのだ。

「発狂してるわよ、このオッさん」

真純は鋭い眼でせつらをにらんだ。

「そこまでする必要がどこに？」

ここで、せつらが自分を見ていないことに気がついた。

その視線を追って――怒気は呆気《あっけ》なく消滅した。

人造夫人はこちらに背を向けて顔を覆っていた。

「そうか、顔の皮膚《ひふ》は溶けちゃうんだ」

真純の声は空気に溶けた。

「だから、こいつを離しちゃったのね。あなたにだけは、崩れた顔を見せたくなかったんだわ」

せつらは黙ってドアの方へ歩きだした。

後に続きながら、真純は彼が丹久に苛烈《かれつ》な責めを加えたのは、この女のためではないかという気がした。

ドアの前で、真純は夫人の方を向いた。

息も絶え絶えの丹久が、かすかな笑い声を上げた。

夫人はひっそりと立っていた。丹久の笑い声は、彼女の行為のすべてを嘲笑しているように、真純には聞こえた。

ひとつ息を吐いて、真純はドアを閉じた。

ひどくやりきれなかった。

2

〈荒木町〉へ向かうバスの内部《なか》で、真純はあれこれ思わせぶりな態度に出てみたが、せつらがちっとも関心を示さないので、とうとう自分から、

「あそこへ駆けつけられたのはね、昨日の晩から、ずうっとあなたを見張ってたからよ。〈新大久保〉へもついてったわ。あなた、噂《うわさ》だと完璧《かんぺき》な仕事をするけれど、少し無茶が過ぎるんだもの。敵対行為を取った連中は、女子供だろうとバラバラにされているわ。ほとんど毎日血しぶきを浴びてるわね。いくら〈区民〉だって、自分でうんざりしないこと？」

「下車するよ」

真純は肩をすくめた。この美しい若者に何を言っ

ても無駄だと悟ったのだ。これほどの美貌《びぼう》なら、それだけで、あらゆる他者を無視する権利がある。

真の美に異議申し立てできる者は誰もいない。

〈荒木町〉で下車すると、せつらは、さようならと言った。

「嫌よ。ついていきます」

「足手まとい」

「じゃ、勝手に同じ方角へ行くわ」

何を言っても無駄——ついさっき、真純が彼自身に対して出した結論を、せつらも採用した。

となれば、手はふたつしかない。

連れていくか——それとも。

せつらの右手から、数十条の不可視の糸が、道の左右を彩《いろど》る家々へと飛んだ。

効果は即決。五秒としない間に、あちこちから朗々たる犬たちの雄叫《おたけ》びが上がりはじめたではないか。

「何、これ?」

真純が顔色を変えた。冷や汗が妖艶な美貌を伝わりはじめる。

「あなたの仕業《しわざ》ね。せつらへ眼と歯を剝《む》いて、わよ。好きになさい。代わりに一生付きまとってやるから」

通りの向こうから突進してくる影が、怒りの言葉を中断させた。

二頭、いや三頭——手前の角からも飛び出した——五頭。

「お先に」

せつらの身体が重さを失って軽々と空中へ舞い上がるのを、真純は見送った。

「もう!」

叫んだ身体へ黒い巨体が襲いかかった。

獰猛《どうもう》な牙と爪《つめ》が身体に触れるのを意識しつつ、真純もまた宙に舞っていた。

右方の家の石塀《いしべい》は三メートルの高さがある。その頂《いただき》に伏せた大柄な肢体は、後脚立ちになって塀に挑む凶犬どもへの危険な眼差《まなざ》しと相まって、異様に官能的であった。

「そんなにあたしが欲しい？　なら、その牙と爪が伊達《だて》じゃないって証明してごらん。いくらでも食べさせてあげる。このおっぱいもお尻も白い太腿も」

真純は四つん這《ば》いの形で、通りを飛び越え、家の壁を垂直に——神の使いみたいな速さと正確さで、屋根まで駆け登り、そのまま消えてしまった。


丹久のしゃべった住所は、平凡な建売りが並ぶ一画であった。

角を曲がればすぐ、という地点で、猛烈なクラクション音が先に曲がってきた。軽トラックの運転席にいるサングラスに革《かわ》ジャン姿がせつらの眼を捉《とら》えた。

軽トラの後を改造バイクが何台も追っていく。運転手と同じスタイルの連中がハンドルを握っていた。

右へ折れて一、二分歩くと同じような家並みが、スタートラインについたかのように一列に並んでいた。

奥に近い一軒の前に何人か集まっている。主婦と老人だ。

ひとりがインターフォンを押し、数人がドアを叩いて、与佐野さんと連呼中だ。警察を、とも聞こえた。

小走りに近づき、せつらは立ち尽くしている老人に、

「何かありました？」

と訊いた。

訝《いぶか》し気にふり向いた老人の顔が恍惚《こうこつ》と溶けた。せつら病は性別年齢を問わない。

「いや——ついさっき、バイクの連中がやって来て、家ん中《うち》から銃声と悲鳴が。それで、出てみたら、みんな動けなくなって——」

ただの物盗《ものと》りではなさそうであった。最近の暴走

族が強盗、押し込みを問わないのは〈区外〉も〈新宿〉も同じだが、こちらは古いだけ手口も巧妙で無茶苦茶さが際立《きわだ》つ。

「眼の前で、革ジャン着た連中が、与佐野さんの家から荷物運び出してトラックに。あいつらが走り去ったら、ようやく動けるようになりましたわ」

――魔法だな、とせつらは思った。

それから図々《ずうずう》しくも、真純のことを憶《おも》い出し、いたら便利だったのに、と思った。

礼を言って玄関へ向かった。主婦のひとりが携帯で住所を告げていたが、せつらを見た途端、沈黙状態に陥《おちい》った。ドアをあきらめて、しゃべり合っていた仲間たちも、次々と溶けていく。せつらの顔は、ある意味、別の犯罪なのであった。

ドアノブを摑んだが、ドアから生《は》えているように動かない。

ノブの端は、ドアと一体化していた。溶け合っているのではない。ノブはまさしくドアから生えているのだった。物理的次元の超能力ではあるまい。魔法だ。

「呼んでこようかな」

ドアから離れてつぶやいたとき、

「ほーらね」

いきなり眼の前に、シルク・ハットを被った猫みたいな顔が逆さまにぶら下がった。ポーチの屋根からである。

「これは封印の法術よ。すぐ開けられるけど」

「頼む」

節操のなさも極《きわ》まれりのせつらであった。

「やーよ」

真純は憎々しげに赤い舌を出した。

「あたしみたいないい女を、犬の群れにまかせて逃げちゃう男の頼みなんか、誰が聞くもんですか。勝手に苦労しなさい。断わっとくけど、魔法使いはどんな小者だって、〈新宿〉の警官№1を小指でひねりつぶせるのよ」

「協力してもらえると嬉しいけど」

「今さら、なによ」

「話し合わない？」

「真っ平《まっぴら》よ、このお調子者。人のこと何だと思ってるの？」

「〈魔法街〉の公安係」

と切って返し、

「家の中では三人殺されてる」

と言った。

「女性と子供が二人だ。母子《おやこ》だろう。コレクションは丸ごと盗み出されてしまった」

真純が眼を剝いた。

「どうして、わかるのよ？」

「糸」

せつらの〝探り糸〟である。千分の一ミクロンの妖糸は、それ自体存在しないがゆえに、存在しない隙間を通ってあらゆる場所へ侵入し、操《あやつ》り師に必要な情報を感触の形で伝達する。これはこれで魔法といえるかも知れない。

「パンティは？」

「ない」

「追っかけないとね。はい、頑張って」

真純はにやついた。いい気味だと思っているのである。

「敵は魔法使いだ。公安係として責任を感じないか？」

「公安係の権限は〈魔法街〉の内部《なか》だけよ」

「うーん」

せつらがあまり困った風もなく呻《うめ》くと、意外なところから救いの手が現われた。

「ちょっと、あんた、何様のつもりよ？」

と歯を剝くひとりを契機に、

「そうよ、たかが屋根からぶら下がるしか能のない小娘が、こんなきれいな男《ひと》にでかい面《つら》しててんじゃないわよ」

「あんた、この人の彼女？　だからって調子に乗らないでよ。こういう男《ひと》は、みんなの共有財産なんだからね」

昼下がりの主婦たちが騒ぎだしたのである。

真純が宙を仰《あお》いで、

「これだから、おバンはなあ」

と漏らした途端、

「この女《あま》あ」

四方から手が伸び、白い娘を引きずり下ろしたばかりか、凄まじい蹴《け》り込みが始まった。

「大人しくなったわね」

「殺しちゃったんじゃないでしょうね」

血まみれの娘は、ぴくりとも動かない。

「ちょっと――危《ヤバ》いわよ」

呆然《ぼうぜん》と立ち尽くしているところへ、パトカーが到着してしまった。

降りてきた警官に、ひとりが、

「どうしよう。あたしたち、人殺しちゃったんですぅ」

と金切り声を上げると、警官が横たわる真純のかたわらにしゃがみ込んで、後ろで情状酌量《しゃくりょう》だの、口裏を合わせるだの言ってる女たちに、静かにと命じた。

それから、ふり返って、

「殺したって、これかね?」

「は、はい」

「よく見てごらんなさい」

「――あっらあ!?」

全員、声を合わせた。ポーチの上に転がっているのは、ズタボロの白い猫の尻尾であった。作りものだと警官に指摘される前に、彼女たちは目撃者たる美しい若者を捜し求めたが、むろん、とっくの昔に姿を消していた。

せつらの場合、ここにはもう用がないというより、巻き添えにされては敵《かな》わないという理由のほうが、正しいと思われる。

「さあ、どうするつもり？」

真純の質問は、せつらの右肩の上から放たれた。

何と、彼女はせつらの肩に乗っている――腰を下ろしているのだった。

右手には、ココアのカップが湯気を立てている。

そして、せつらのほうは迷惑そうな顔ひとつ作らず、クリーム・ソーダのストローを口にしているのだ。

夕暮れが近い喫茶店である。客は多い。奇抜なカップルを見て、肩をすくめたり、露骨に不愉快そうな表情になる者も若干名いたが、他はちらりと見たきり、自分たちのコーヒーや紅茶や用事にまた没頭するのは、ここが〈歌舞伎町〉のど真ん中だからだ。真純が逆立《さかだ》ちしても、こんなものだろう。

観光客らしい家族が、デジカメやレーザー・ビデオを向けるのに、気楽にポーズを取ってから、真純はひょいと、本当に逆立ちして、せつらの顔を覗《のぞ》き込んだ。

せつらは無視しっぱなしである。いっそのこと追い払えば済みそうなのに、それもしないくらい、どうでもいい扱いで、真純がつきまとって離れないのはそのせいもある。プラス、真純の体重がゼロに近いのであった。

「ね、どうして情報屋に連絡しないの？　あなたの愛人とか言われている外谷良子――どうしたのよ？」

はじめて、せつらが反応した。

「二度と彼女の話をするな」

「あーら、嬉しい。口利いてくれたわ。ね、そんなにその女性《ひと》が好き？」

「見たことは？」

「いえ。噂だけ。ブログも見たけど、顔は出てなかったわよ。そうそう、あなたのこと、書き込んであったわ」

「――何て？」

声が少し波立っている。見たことがないらしい。

「えーと、同じ枝になったブドウ――だったかな。あれじゃ、みな誤解するわよね」

即、消去するよう連絡を取らなくては、とせつらは胸に刻み込んだ。

その胸中を知るや知らずや、真純は追い討ちをかけた。

「その情報屋、よっぽど個性的なんでしょうね？　凄い美人とか？　性格が優しいとか、超スタイルがいいとか？」

長い沈黙があった。やがて、せつらは言った。

「そのうち会わせるよ」

「あら、嬉しい。ミステリの謎解きみたいね。期待しちゃうわ」

それは充分以上に満たされるだろうと思いながら、せつらは緑色のソーダ水を吸い終え、アイスクリームに取りかかった。

3

アイスを片づけるまでに、次の手は決まっていた。

「初級魔法で、捜しものは見つけられる？」

「それは、中級魔法かなあ」

「暴走族を捜し出してくれたまえ。〈新宿インターネット〉で、『飛び加藤《かとう》』って名前はわかった」

「高価《たか》いわよ」

真純の眼が光った。

「いかほど？」

「あなたとベッド・イン――は、上級魔法でいいわ。ディープ・キスかな」

「お金で」

「駄目、支払いの種類は、こっちが決めるのがルールよ」

――そんなこと知らないもの、とせつらは胸の中でつぶやいた。

「どう?」

真純がにやにやしながら声をかけてきた。

「やめとく」

「えーっ!?」

ショックだったらしく、立ち上がったせつらの肩から、真純は転げ落ちた。それでも、半回転して足から着地したのは見事というか、猫そのものだ。

立ち上がったせつらへ、

「ちょっと——どうするつもり?」

「他の魔法使いを探す」

真純は仰天《ぎょうてん》した。仰天も通り越して、怒りの表情になった。

「素人《しろうと》に魔法を教えるには、指導員《インストラクター》の資格がいるのよ。〈魔法街〉だって持ってるのは四人しかいないわ」

「じゃ、他の三人の誰かに」

「あたしより、ずうっと高価《たか》いわよ。あいつら金の亡者《もうじゃ》なんだから」

せつら病の効き目をわかっているから、真純も必死だ。

せつらは知らん顔で、支払いを済ませて外へ出た。

追いかけようとした襟首《えりくび》を、喫茶店とは思えないゴツい店員に摑まれた。ココアの料金がまだだと言う。

「もう! あのどケチ!」

支払いを済ませてから、外へ出て、通りを歩み去る美しい背中へ叫んだ。

「いいわよ、もう! 只《ただ》で教えてあげる。大サービスだからね!」

呆《あき》れ果てたことに、せつらは、初級魔法もつけて、と要求した。

「あなたねえ」

と言ったきり、真純は絶句するしかなかった。

完全に足下を見られている、どころか手の裡《うち》を見《み》透《す》かされている。

どうしてくれようかと思ったが、なぜか怒りは長続きせず、

――ま、いっか
となってしまうのであった。

「いつよ？」

と訊くと、これからすぐ、と無茶を言う。

「どこで？」

「まかせる」

「時間はどれくらいあるの？」

「三〇分。呑み込みは早い」

他人《ひと》の生き血を吸って生きていくつもりに違いないわね、この男《ひと》、と真純は確信した。

そして、喫茶店を出てから十数分後、真純は「貸スペース」の一室で、印《いん》の形はこう、呪文はこう、と、熱心に手ほどきしはじめていた。


さらに三〇分後、美しい男の顔を見つめて、

「驚いたわ」

しみじみと漏らした。

「こんなに呑み込みの悪い男《ひと》、はじめて。何が、習い事には自信がある、よ」

「はあ」

「もう少し、ちゃんと身につけなきゃ、かけたほうとかけられたほうばかりじゃなくて、周《まわ》りも大迷惑を蒙《こうむ》るわよ。魔法の被害は、初級だって中クラスの山火事や地震に匹敵するの」

「はあ」

「あなた――本当に糸を操るの？」

「一応」

「とても信じられません。ね、もういっぺん練習するまで、魔法は使わないと誓って」

「モゴモゴ」

「いい加減にしなさいよ」

真純の眼が怒りの炎を噴《ふ》いた。

「魔法ってのは、生半可《なまはんか》な使い方したら――もういいわ。さあ、とにかく誓いなさい」

「はあ」

せつらは淡々と誓った。真純の勢いに恐れをなしたわけではなく、時間がもったいなかったのである。


午後六時三〇分――矢島俊一《やじましゆんいち》は高校から帰宅した。二日前に発表された月例テストの成績がトップだったので、このところ両親の機嫌はいい。暴走族の仲間たちと、前から眼をつけていた〈荒木町〉のコレクター宅を襲い、主婦と娘二人を惨殺《ざんさつ》して、コレクションを根こそぎさらってきた――こう打ち明けても、いいともいいともと言いかねない。

二階の部屋へ入り、鍵《かぎ》を掛けてから、ベッドへ転がった。

「甘い親」

優等生然とした顔が、にんまりと歪《ゆが》んだ。電灯の光がこしらえたのは、人間とは思えぬ不気味な表情であった。この少年も、上辺《うわべ》と別の本性を隠しているのだった。

「全くね」

いきなり女の声がした。俊一は身を捻《ひね》って窓の方を見た。

確かに閉めて出たはずの窓辺に、白いハーフコートを着た娘が腰を下ろして、俊一を見下ろしていた。

「誰だい」

跳ね起きて叫んだ。

「あんたと同じよ――おっと、暴走族じゃないほう――魔法使い」

「な、なんだよ、それ？　僕、なんのことだか」

「サングラスと革のつなぎとバイクをアジトに置いたら、みいんな忘れちまった？　それまでしたことも？　殺人も？　盗みも？」

娘の声は細くなった。みんな知ってる、とその眼とうす笑いを浮かべた唇が言っている。

俊一は決心した。

階下の家族には一切《いっさい》知らせず、自力で処理してみせる。

胸の中で〈使い魔〉召喚の呪文を唱《とな》えるや、口腔《こうこう》に蠢《うごめ》く気配があった。

思いきり開いた。

娘めがけて飛び出した〈使い魔〉は小犬の形をしていた。

娘の唇が尖《とが》った。たぶん、ひと息で、〈使い魔〉は四散した。

「こ、こいつゥ」

突き飛ばそうとベッドから下りかかった——ところで、俊一は硬直した。

骨の髄《ずい》まで食い込む凄惨《せいさん》な痛みは、動きどころか声まで奪った。

「別に恨《うら》みはないんだけどね」

今度は男の声がした。なんという美しい声かと考える余裕などむろんない。

だが、ごそごそとベッドの下から這い出した黒ずくめの青年の顔を見た刹那《せつな》、俊一は痛みを忘れた。もっともそのままの状態であと一分もいたら、発狂してしまったに違いない。

意識はしない激痛と、愛とさえいえる感情が混交するのは白い沈黙の世界であった。

その中に妖《あや》しく美しく鳴り渡る声を、俊一は聞いた。

「そっちのお嬢さんが、魔法を悪事に使う輩《やから》は許せないと言い張るもので、協力させてもらった。早く楽になりたいかな?」

「……たす……け……て」

断末魔《だんまつま》のような声が出た。呪縛していた糸がゆるんだなどと彼にはわからない。

「今日、〈荒木町〉の与佐野邸から、えーと、パンティを盗んだね。それはどこにある?」

「……知らない……そんなもの……僕は——ぎゃあ

あああ」

このとき加えられた痛みは、痛みとしてはむしろ楽だった。だが、このレベルで骨をこすられては地獄だ。失神さえできない。

「助けて……助けて……ママあ……パパあ……」

俊一は全身を震わせながら、泣き叫んだ。声は小さかった。秋せつらの妖糸は声の高低まで支配し得るのだった。

「誰も来ないわよ」

窓辺で楽しげに見ていた真純の眼が、憎悪の光を放った。

「あなたたちが殺したお母さんと二人の女の子も助けてほしかったでしょうね。三人で二〇〇ヵ所も刺し傷があったなんて、どういうこと？」

「……僕がやったんじゃ……ない……僕は……荷物……運び……」

「はい、よくわかったわ。仲間が女性三人を嬲《なぶ》り殺しにしている間、止めもしないで、金目のものを運んでたわけでしょ。さ、この男《ひと》の質問に答えなさい」

「あ……あ……」

「宝石をちりばめたパンティがあったろ、どこへやった？」

「ここ……じゃ……ない……リーダーの……ところ……」

「リーダーの名前と住所は？」

「知ら……ない……本当だ……誰も……」

「彼も魔法を使うわよね」

真純が口をはさんだ。

「誰に習ったか、言ってなかった？」

「……変な……ラーメン屋の……屋台を引いてる……爺《じい》さん……だって……名前は……知らない」

「どこで習ったの？」

「〈矢来町《やらいちょう》〉の……スラム……」

少年の答えに嘘がないのは明らかであった。

「あそこか」

せつらは、ちょっと上目遣いになって、

「行きたくないなあ」

「あら、あなたにも、そんなとこがあるの？」

「君——行ってくれる？」

「あなたと一緒ならいいわよ」

「いや、単身赴任」

「真っ平よ。あなた男でしょ？　恥ずかしくないの？」

「うん」

「もう」

「行こう」

とせつらは言った。この家での用は済んだのだ。

真純の術が暴いた暴走族のメンバーは、初級魔法の使い手であった。四人のうち、もっとも未熟なひとり——隙間だらけの魔術的隠蔽《いんぺい》を行なっていたひとりが、矢島俊一だったのである。

「こいつ、このままにしておくの？」

「警察に連絡する」

「それだけでいいの？」

「殺しちゃまずいよ」

自分のことは棚に上げて、としか言いようのない温和な発言をせつらはした。

真純は黙って上体を反《そ》らせ、窓の外へと消えた。

数分後、二人は裏の道を歩いていた。月が出ている。

むっつりと黙り込んだ真純へ、せつらは、

「何もしてないよね？」

と念を押した。

「別に」


しばらくして、息子の部屋へ夕食を運んできた母親は、部屋中に飛び散った赤やピンクの物体を見て眉《まゆ》をひそめた。

悲鳴を上げたのは、それらが八つ裂きにされた息子の構成部分だと知ったときであった。

第五章　〈矢来町《やらいちょう》〉スラム

1

二人が〈矢来町〉へ向かったのは、翌日の午前一〇時過ぎであった。せつらがひとりで行くというのを、真純がどうしても一緒に行くと主張して譲《ゆず》らず、結局せつらが折れた。

——いれば便利だ

内心こう思わないこともなかった。

〈矢来町〉行きの〈区バス〉に乗っても、せつらは、

「やだなあ、やだなあ」

と言いつづけた。

真純のほうが呆《あき》れて、

「あんた男でしょ。いい加減に腹、据《す》えなさいよ」

と罵《ののし》っても、やだなあをやめると、溜息《ためいき》ばかりだ。こっちのほうが鬱《うつ》になりそうだわ、と真純は胸の中でつぶやいた。いつもの自分なら、勝手にしろタマ無し、とか喚《わめ》いておさらばしてしまうのだが、この若者に限ってはそうもいかない。

かといって、癪《しゃく》にさわることに、向こうは真純にすがる気があるかというと、とんでもない。おまえが好きでやってるんだと言わんばかりの態度なのだから頭へくる。

罵っても馬の耳に何とやらで、

「行きたくないなあ。行きたくないなあ」

と繰《く》り返すばかりの男を、にらみつけるばかりで、そばを離れられない自分が、実はいちばん嫌な真純であった。

仕方がないので、乗り合わせた女性客が、せつらをひと目見るなりとろけだすのを、歯を剝《む》き眼を光らせて威嚇《いかく》するうちに、〈矢来町〉へ着いたと、アナウンスが告げた。

「やだなあ」

「いつまで、うだうだ言ってんのよ」

襟首《えりくび》を摑《つか》んで引きずり下ろしても、当人は去り行

くバスを名残惜《なごり》しそうに見ているから、何をか云《い》わんやだ。

「ほら、こっちよ」

手を摑んで坂を上がりだす。〈矢来町〉は坂の多い町なのだ。

バス停の周《まわ》りはマンションばかりだが、ゆるい坂を右へ折れて急坂をこなすと、つん、と強烈な刺激臭が鼻を突き、真純は大きなくしゃみをひとつしてしまった。

せつらはと見ると、コートの袖《そで》でしっかりガードしている。

手を振って刺激臭を払いながら、

「何よ、これ?」

「催涙ガス」

「え?」

「警官隊と小競《こぜ》り合いがあったらしいね。スラムの連中同士じゃ、ガスなんて使わない」

「何を使うの?」

「素手か刃物か火器。君、新しく来た人?」

「違うわよ。ただ、〈魔法街〉以外はあんまり興味がないの。刃物だのピストルだのなんて真っ平《まっぴら》。その点、魔法はいいわよ。呪文と指の動きで、何でも解決」

「それはそれは」

「何よ、その言い方? 信じてないでしょ?」

「その辺は、いろいろと」

「聞き捨てならないわね。〈魔法街〉の住人以外にかけちゃならないって規則がなければ、猫にでも変えてやるところよ」

「にゃん」

「もう!」

おかしな言い争いをしながら歩きつづける二人の周囲で、状況は刻々と、どう見てもデンジャラスな方へと変化していった。

基本的に住宅地である〈矢来町〉の風景はそのままだが、なにか荒涼たる雰囲気が漂《ただよ》いはじめたのである。

通りには酒瓶《さかびん》や缶、コンビニ弁当の空き箱、週刊誌の残骸《ざんがい》などが放置され、うっすらとだが、腐敗臭が立ち込めている。

住宅もよく見れば、塀《へい》や壁には弾痕《だんこん》らしき穴が撒《ま》き散らされ、窓ガラスの大半は砕け散って、修理の痕《あと》もない。

焼け落ちたのが一軒あったが、これはさすがに類焼を防いだらしく、隣家の壁を焦《こ》がしただけで事なきを得ていた。

住人もいた。

住宅地の奥に踏み入るにつれ、通行人その他の姿が視界に入ってきたのである。

次々にすれ違った三人は、コンビニの袋を提《さ》げた平凡な主婦だったが、廃屋の前や電柱の陰に横になった連中は、まぎれもないホームレスである。さっきの主婦たちの腰についているホルスターと、そこから覗《のぞ》く銃把《グリップ》は、彼ら用に違いない。


二人に気づいて、こりゃいい獲物がと、懐《ふところ》に手を入れつつ起き上がった卑《いや》しい顔つきが、せつらを見た刹那《せつな》、へなへなと溶けてしまうのは、大した見ものだった。

さしもの真純が、

「呆れた。どーゆー魔法よ」

と、しげしげとせつらを見つめたほどである。彼女はサングラスを掛けていた。

「まーわかるけどね。ところで、この町内に入ってから、みんな右眼に眼帯を掛けてるのは、どういうわけ？」

主婦たちもそうだった。ホームレスも。

「あの眼帯の下はないんだ」

「ない？」

「ああ。この町内の連中はみな右眼をくり貫《ぬ》かれてる」

「どうして⁉」

真純は頭に血が昇った。ついでに沸騰《ふっとう》もした。こういう内容を平然と口にできるせつらに、義憤ともいうべき感情を抱いたのである。

当人は涼しい顔で、

「この町を統括してるのは、矢島俊一が口にしていたラーメン屋の爺《じい》さんだ。僕も名前は知らない。〈魔震〉直後、〈区外〉からの救援が来るまで、この町内一帯を妖物から、魔法を使って守り抜いたという」

「あら、カッコいい」

「ところが、彼はいわゆるいい魔法使いじゃなかった。この町一帯を魔力の支配下に置いて、〈新宿〉中にそれを広げようと目論《もくろ》んだんだ。そのためには、いま以上のパワーがいる。どんな魔法か知らないが、それを得るべく彼が求めたのが――」

真純は低く解答を言い放った。

「町内の人たちの右眼」

「そのとおり」

せつらはうなずいた。天気の話でもしているようなあっけらかんぶりである。

それが、真純の背に冷たい水を走らせた。彼女はある事実に思い当たったのである。

「薄々感じてたけど、それは自分の邪眼を強力化するための古代魔法よ。支配したい地域のミニチュアを作り、凝視《ぎょうし》しつづければ、自在に操《あやつ》れると聞かされたわ」

「へえ。じゃ、地球儀をにらめば地球の支配者になれるわけ？」

「そうよ。ただし、地球クラスなら丸一〇年、不眠不休飲まず食わずで行なわなくっちゃ駄目。だから世界を支配した者はいないの」

「ふむふむ」

「でも、〈新宿〉なら、丸一日で何とかなるはずよ。うまくいかなかったのね？」

「ああ。〈高田馬場〉に住んでたヌーレンブルクの婆《ばあ》さんが、単身乗り込んでラーメン屋の爺さんを叩《たた》きのめしたらしい。魔法にかけては、ラーメン屋は足下《あしもと》にも及ばなかったそうだ」

「ガレーン・ヌーレンブルク」

真純は噛《か》みしめるようにその名を口にした。

「当然よ、世界第一の魔道士に勝てる奴などいないわ」

「だが、なぜかガレーン・ヌーレンブルクはラーメン屋を殺さなかった。代わりに、〈矢来町〉の一角だけを根城《ねじろ》にすること、二度と領土的欲望を起こさないことを条件に、生きていくのを許した」

「どうして、そんな?」

「わからない。ガレーン・ヌーレンブルクが生きている間は、ラーメン屋も約束を守った。けど、彼女が亡くなって×年——そろそろ動きだしたんだな」

「ミス・ヌーレンブルクは、魔法を奪わなかったの?」

「そ。理由はわからない」

「変なの」

急に坂が切れた。


これこそ建売り住宅地というべき平坦《へいたん》な土地が現われた。

まともな土地でないのは、ひと目でわかった。

小綺麗《こぎれい》にまとめられた小住宅群は影も形もなかった。

おびただしいバラックが、祭りの屋台のように整然と軒《のき》を並べている。屋台は一階建てだが、これは三階統一で、しかも、間口のサイズの差はあれ、一軒ずつ独立家屋を積み重ねてあるのが、はっきりと見て取れた。

ぷん、と刺激的な、その代わり何とも食欲をそそる臭いが二人を取り囲んだ。

バラックの間は、大人が三人並んで通れるくらいの道が縦横に走り、昼ひなかにもかかわらず、ホームレスばかりか、身綺麗な主婦やその辺の親父らしい姿も見える。いちばん目立つのは、携帯やデジカメを臆面《おくめん》もなく周囲に向ける観光客たちだ。

「大人しくなったもんだ」

せつらのひとことに、真純が反応した。

「何がよ?」

「五年前までは、カメラなんか向けたら、たちまち裏通りへ引っ張り込まれて、行方《ゆくえ》不明になった。三年前は死体で見つかり、二年前はボコられた。一年前が大枚の撮影料――今じゃ、撮り放題だ」

「へえ、どうして? でも、いいことじゃないの。観光客はお金落としてくわよ。〈魔法街〉もそれで大分、潤《うるお》ってるもの」

「目的は同じだね。〈歌舞伎町〉もそれで毒気を抜かれつつある」

「〈魔界都市〉を制するものも経済力ってわけ? それじゃ〈区外〉と同じじゃないの。情けない」

「だけどここにはまだ危険がいっぱいだ」

物騒なことを言いつつ、せつらは手近な通りへ入った。

スラムとは「貧民窟《くつ》」の意味である。

低収入――と言えば聞こえはいいが、食うや食わずの人々が集まった町である。

それでも町である以上、生活のための施設や機構は整っている。

せつらたちの両側にもいかにも大衆食堂といった感じの店舗や、〈区外〉では滅多に見られなくなった古着屋、金物屋、薬屋、八百屋《やおや》等が軒《のき》を連ねている。

「ちょっと、あれ駄菓子屋? 懐《なつ》かしムックでしか見たことないから、珍しい。わあ、ゼリー・ビーンズに酢イカに杏《あんず》アメにソースせんべい。ねえ、あの袋――花火? ひと袋買ってくぅ」

胸前で両手を握り合わせ、きゃあきゃあ言う娘を尻目に、せつらはのんびりと通りを歩いていく。

安っぽいブリキのオモチャを並べたオモチャ屋や、黄ばんだページの本で店内が埋まった貸本屋――どれも昔懐かしい、まともな店ばかりだが、その奥に腰を下ろした店主や、狭苦しい横丁からこちらを窺《うかが》う若いのや子供たちの眼は、そんな趣《おもむき》などかけらもない敵意と欲望の鏃《やじり》を打ち込まんばかりのものであった。

それが富者vs.貧者の図式内に収まるならまだしも、遥《はる》かに根源的な、というか超自然的というか、美味《うま》そうな獲物を見つめる肉食獣のそれに近いから、薄々とそれを感じはじめた観光客たちは、重武装のガイドにすがりっきりだし、散歩としか見えない夫婦や買物の主婦たちも、せわしなく腰の拳銃や聖器具に手をやっている。

その通りのほぼ中央まで来て、せつらは足を止めた。次の瞬間、行く手をふさいだ少年たちを、予想していたとしか思えぬ動きであった。

スラムといえど、秋の日は柔らかく差し恵んでいるが、せつらたちの頭上五メートルばかりの空中には、長さ一〇メートルに及ぶ鉄のアーケードが渡されているため、ひどく暗かった。

「兄ちゃん、どえらいハンサムやン。さぞや懐も温《あった》けえだろうな。ちいと、融通《ゆうずう》してくれや」

とんでもない理屈だが、強請《ゆすり》の口実さえ摑めればいいのである。リーダーの少年は、サングラスを掛けていた。それが吉と出るか凶と出るか、彼にはわからなかった。

「どきたまえ」

とせつらは言った。

「用があるんだ」

「あたしにかい?」

鉄のブラジャーとパンティだけの娘が、のけぞるように笑った。トンボの眼みたいに大きなサングラスを掛けている。

「あんたならいつだって抱かせてあげるよ。そこの路地でどう?」

「随分《ずいぶん》とえらくなったわね、二人とも」

せつらの背後からこう聞こえた。

「なにィ」

「何よ、あんた?」

ひょいと右側へ出た真純が二人をにらみつけなが

ら、サングラスを取った。

「『イカれ帽子屋《マッド・ハッター》』!?」

同時に叫んだ。足下が崩れたみたいに揃《そろ》ってゆらめいた。

2

せつらがふり返って訊《き》いた。前の二人など気にもしていない。

「知り合い?」

「ええ。〈魔法街〉に〈魔法学校〉があるのは知ってるでしょ? そこへ習いに来たチンピラよ。坊やはター坊、お嬢ちゃんはサオリ。素行を調べられて入学を断わられたのに、ローエングリンの馬鹿が拾って、くだらない下等魔法を教え込んだのよ。あたしが見つけて脅しつけたから、途中で逃げ出したんだけど、ここで小遣い稼ぎしてたのね」

「ああ、そうとも」

少年——ター坊が凄みを利《き》かせた。真純への恐怖は少しもない。両手を揉《も》み合わせると、手首に巻いた紐《ひも》の先についた木乃伊《ミイラ》の頭がカラカラと鳴った。頭は三個あった。

「ローエングリンからは、凄《すげ》え魔法を習ったんだ。おまえなんか目じゃないぜ」

「そうよ。〈魔法街〉じゃ随分と痛めつけてくれたわね。今ここで、たっぷりお返ししてやるわ」

二人は両手を頭上に上げて、おかしな文句を唱《とな》えた。

通りを風が吹き抜けた。それはいつまでも絶えなかった。

「これ何?」

せつらが訊いた。

「風の神イサカ召喚の呪文よ。ここまでやるとは意外だったわ。あなた下がって——何かに摑まってちょうだい」

「了解」

せつらはさっさと後退し、真純にまかせた。彼は合理主義であった。

だしぬけに、真純の身体《からだ》が宙に舞った。風がせつらの頰《ほお》を叩いた。通りの左右で悲鳴が上がり、せつらも手近の鉄骨にしがみついた。アーケードの支えである。

「……ア・ガナ……サカ……イサカ……ドミナ・ヌーイッチハ……その女を持っていけ！」

真純の身体が急上昇に移った。頭からアーケードに突進する。

その姿が寸前でぴたりと停止したのは、ター坊とサオリの予想外であったらしい。

見上げた眼は、何やら唱える真純の唇を映《うつ》し、その耳は低い声を途切れ途切れに聞いた。

風の流れが変わった。

鉄骨にしがみついたまま、せつらは垂直に上昇する二人組を見た。

——ぶつかるな
と思った瞬間、二人は忽然《こつぜん》と消えた。代わりに真純が落下し、地上三〇センチあたりで、何かに弾《はじ》き飛ばされたみたいに撥《は》ね返り、足から着地してのけた。

「やるねえ」

少しも感心した風のない誉《ほ》め方をして、せつらは鉄骨から離れた。呪風は熄《や》んでいた。

真純が近づいてきて、周囲を見廻してから、

「ありがとう。あの糸がなかったら、イサカに持ってかれてたところよ。あいつらが、召喚の呪文を知ってるとは思わなかった」

足首に巻き付いたせつらの妖糸に、彼女は気づいていたのである。地面への直撃を止めたのも、せつらが渡した糸の力であった。

「で、あいつらは？」

「お返しにイサカを呼んでやったのよ。今頃は、イサカの腕の中で世界中を旅しているわ」

「帰ってくる？」

せつらがここまで関心を持つのは、さすがに神様が出てきたからだろう。

「わからないわ。いま考慮中。私次第だけど」

「ラーメン屋を捜《さが》しに行こう」

せつらはもう歩きだしている。神にさらわれた人間のことなどもう微塵《みじん》の関心もないのだ。周りを気にする真純との最大の違いであった。

飄々《ひょうひょう》たる足取りで、路地を巡り、すれ違う通行人や、柄の悪そうな連中を恍惚《こうこつ》とさせるせつらへ、三〇分ほどして、真純は声をかけた。

「ねえ、当てはあるの？」

「全然」

「ないのにうろついてるだけ？」

「久しぶりなんで」

「もう！」

真純は眼を吊り上げ、ちょうど通りかかった、買物籠《かご》をぶら提げた主婦に、

「ねえ、ラーメンの屋台引いてるお爺さんって知りませんか？」

と訊いた。

「ああ。なら、その路地を真っすぐ行くと、麻薬中毒患者《ジャンキー》の巣があるわ。そこ左へ曲がるといるわよ」

「あ、どーも」

と下げた頭を上げると、せつらはさっさとその路地へ入り込んでいる。

この先、何度キレるのかと憤慨しつつ、真純は後を追った。

異臭の漂う路地であった。地面は剝き出しで、あちこちに不気味な色の水溜《た》まりが光っている。

急に広い一角へ出た。

ここはバラックとバラックの間にブリキの板を渡して、太陽と人の眼を防いでいた。それでも漏《も》れる光が、この一角を朦朧《もうろう》と、幻想画のように見せていた。

「あら？」

と真純が口を半開きにしたのは、そこで壁にもたれたり、ヤンキー座りして紙巻きを喫《や》っている一〇人近い連中を認めたからではない。彼らの構成メンバーに、チンピラだけではなく、白衣姿に前掛けの中年コックや、カーディガンに突っかけ姿の、平凡なおっさんたちが半分もいたからだ。みな強烈な臭いの紫煙に包まれていた。足下には喫《す》いカスが散らばっている。

「懐かしき不良少年たちってわけ」

呆れる真純を尻目に、せつらはとことこその真ん中へ入って、右へ折れようとする。

薬のせいで、どんよりと濁《にご》った眼差《まなざ》しがその美貌《びぼう》に集中し、みるみる別の感情に変化する。

コックが煙草を弾《はじ》いて、せつらの前へ出た。

厚めの唇から、たらたらと涎《よだれ》をしたたらせて、

「兄ちゃん、おれと付き合えや」

と舌舐《したなめず》りをした。異様に長い――三〇センチもある舌であった。味見に向いているかどうかは不明だ。

せつらの足は止まらない。コックに気づいているかどうかもわからぬ足取りで、

――ぶつかる!?

と真純が眼を剥いた瞬間、コックの両腕が伸びた。

青ぶくれの腕が作った抱擁《ほうよう》の輪の中に、せつらの姿はなかった。

コックばかりか、傍観していた連中が、ぎょっと周囲を見廻し、

「後ろだ！」

と呂律《ろれつ》の廻らぬ叫びを上げた。

コックの真後ろを、彼は前と変わらぬ飄々たる足取りで遠ざかりつつあった。

「てめえ！」

コックの唇が尖《とが》ると、その先から舌が突き出た。だが、それはねじくれ、針のように鋭い先端を備えていた。

せつらの背から胸へと、それはボール紙を貫《つらぬ》くみたいに抜けた。

「――!?」

にんまりと笑ったコックの、血管が虫みたいに蠢《うごめ》く青ぶくれの顔が、驚愕《きょうがく》に歪《ゆが》んだ。

即死したはずのせつらは忽然と消滅し、その数メートル先に、美しい背中が見えた。

最早、人語とはいえない怒声を上げて、コックはもう一度、舌を振った。今度の一撃は、鞭《むち》のようにしなって、せつらの身体を斜めに両断するはずであった。

真純が、にっと笑った。

大きくしなって、唸《うな》りを立ててせつらを襲った舌は、空中でちぎれ、吹っ飛んだ。地面に落ちた分が、蛇みたいに痙攣《けいれん》し、近くの少年の足首に巻き付いて、骨まで締め砕いた。

のたうち廻るコックへ、

「お気の毒」

と声をかけて、真純はせつらの後を追った。別のものに変わった空気と薄陽の中で、妙に清々《すがすが》しい気分だった。

二〇メートルほど先で、せつらが立ち止まっていた。

その前方にも小さな広場――というより五、六坪の空地があって、ラーメン屋の屋台がひとつ止まっていた。

客はいないが、主人は屋台の向こうに立っている。

緊張が真純の背すじを伸ばした。

麵《めん》を湯がく寸胴《ずんどう》からは白い湯気が立ち昇り、蓋《ふた》をずらしたスープ鍋《なべ》からは、真純も嗅《か》ぎ慣れた濃厚な匂いが漂ってくる。

せつらが片手を上げて、来いと合図をした。

「何よ、えらそーに」

唾《つば》みたいに吐いて、せつらと並んで屋台の前の丸椅子《いす》に腰を下ろす。それだけで、ふんわりした気分になるのだから、恋も魔法だ。

「いらっしゃい。何にします？」

眠ってるように見えた爺さんが、俯《うつむ》いたまま訊いた。

「ラーメン、いや、チャーシューメン。メンマと玉子をトッピングして」

「あたしも同じ」

爺さんが、ぽつりと、

「仲いいねえ。あんたらお似合いだよ」

低い声で言ってから、

「あんた――何回か見かけたね」

と、せつらの方へ顔を向けた。

「はあ」

「一度、まともに見ちゃってさ。もう眼がくらむっちゅうか、魂が飛んでったというか。まともになるのに半月はかかったよ。遠目だからそれで済んだけど、面と向かってたら、一生廃人だったね」

「この罪つくり」

真純は爺さんに聞こえないようにささやき、肘《ひじ》で突いたが、顔は笑っている。

「人捜し屋さんだと聞いたが、誰を捜してるのかね？」

いきなり、ずばりと来た。

「暴走族。昼間、〈荒木町〉で母親と娘二人を殺してる。リーダーの名前は不明だけど、あなたが魔法を教えた連中のひとりです」

「ほお、わしがか」

爺さんは沸騰《ふっとう》中の湯に麵を入れると、中華丼《どんぶり》を二つ台の上に並べて、醬油《しょうゆ》と刻《きざ》んだネギを加えてから、スープを入れた。

「いい匂い」

と真純が眼を閉じた。

「ねえ、何でダシ取ってるの？　近頃の屋台って、骨《ガラ》も抜いちゃって野菜とインスタントのカツオブシなんてのもあるけど、これは違うわね」

「そらもう」

爺さんはうなずいた。自信たっぷりだが、俯いたままだ。

「ポイントは生姜《しょうが》だね。それと、骨《ガラ》も特別のを使ってる」

「へえ」

真純の眼がかがやいた。この老人が、殺人暴走族に魔法を教えたことなど忘却しきっている風だ。

「見たいかね？」

「ええ」

「よっしゃ、その前に上がったよ」

爺さんは湯がいた麺を丼に入れ、チャーシューとトッピングを加えて、はいよと二人の前に並べた。

「美味《おい》しそう」

と真純が割り箸《ばし》を割った。

それから箸を置いて、

「ね、骨《ガラ》見せて」

と微笑した。

同時に、ひと足早く口もとまで麺を持っていったせつらの手を押さえる。

「おや、気がついたかね？」

爺さんが静かに言った。せつらが麺を宙に浮かべた形で彼を見つめている。

「ええ。見せて」

「いいとも。驚くよ、きっと」

「嬉しい」

真純の微笑はさっきからそのままだ。

「よっこらしょ」

爺さんがお玉を、寸胴に突っ込んで掻《か》き廻した。ごつごつと寸胴が鳴った。お玉が止まった。

「あいよ」

爺さんはゆっくりと持ち上げた。

「へえ」

箸を下ろすのを忘れきったせつらが、小さく漏らした。

濃密な脂肪《あぶら》をしたたらせつつ、お玉の上に正座している骨《ガラ》は、真純自身だった。

3

せつらは隣《となり》を見た。真純はちゃんといる。椅子の上にも——お玉の上にも。

「美味《うま》そうなダシだろ？」

親父はお玉を沈めた。真純は楽しそうに、熱湯スープに消えていく自分を見つめていたが、急に、

「ね、こちらも出せる？」

「いいとも」

爺さんは沈んだお玉を、また持ち上げた。

せつらが現われた。

真純の顔が一瞬こわばり、すぐににやりとした。

「どうだい」

自慢そうな爺さんの表情が、さっと変わった。

小さなお玉に正座した実物大のせつらの顔は、みるみるうちに溶け崩れ、全身を形成していた魔力もそれに従ったものか、服も本体も得体の知れぬ粘塊《ねんかい》と化して、お玉からこぼれ落ちてしまった。

呆然《ぼうぜん》と寸胴を見つめる爺さんへ、

「ホント美味《おい》しそうなスープだこと」

真純が皮肉っぽく言った。

「この男《ひと》の顔をコピーしようたって無理よ。神様が許さないわ」

爺さんはお玉を握りしめたまま突っ立っていたが、やがて、ぼそぼそと口にした。

「わしの魔法をもってしても……駄目か。なるほど、さすがは……」

「あのお」

と今まで黙っていたせつらが声をかけた。箸は置いてある。

「暴走族の件は？」

返事はこうだった。

「よくも、わしに二つ目の敗北を味わわせてくれたな」

「え？」

「はじめて魔法戦で敗れたのは、ガレーン・ヌーレンブルクだった。それはいい。わしとは出来が違った。あの女は本物だった。だが、わしの複製術で作れぬものはないはずだ。それが、いかに美しいとはいえ、人間の男の顔を再現できぬとは。人捜し屋――秋せつらというそうだな？」

真純の両手が台上で組み合わされ、せつらは、

「はあ」

と言った。

「本来なら生きては帰さん。だが、その美貌を失ったら、この世界から掛け替えのない存在が欠けることになる。一時間のうちに、このスラムを出ろ。それを一秒でも過ぎたら、わしの魔法の爪《つめ》と牙《きば》が追いかけるぞ」

「あら、えらそーに」

光る眼で爺さんを凝視《ぎょうし》する真純を、せつらはあわてて抑えた。

「わかりました。その線でいきましょう。ですが、質問の答えを」

「暴走族の名前は『飛び加藤』。リーダーは加藤清《せい》一《いち》、一九歳。住所は〈矢来町〉の――だ」

「どーも」

せつらは立ち上がり、背を向けた。

「おい」

と爺さんが恫喝《どうかつ》じみた声を張り上げた。

「え？」

「金払わんか、チャーシューメン二杯分」

「あ」

せつらはもじもじと財布を取り出し、

「一杯、お幾《いく》ら？」

と訊いた。

「ちょっと待て」

計算していなかったらしく、爺さんは棚から電卓を取り上げ、不器用にキイを叩いた。

「えーと」

と二回つぶやき、

「何だこりゃ？」

と三回言ってから、やっと、

「八四〇万円」

「はあ!?」

「間違えた。八四〇円だ」

と、そっぽを向いた。照れ臭いのか、頬が赤い。

せつらは何事もなかったように、硬貨を並べ、

「一〇円足りない。まけてくれませんか？」

と切り出した。

「駄目だ」

「うーむ」

「あたしが立て替えるわよ」

またキレた真純が自分の分に一〇円を足して、ばんと台の上に叩きつけるように置いた。

「それじゃね、人骨ラーメンさん」

もの凄い捨て台詞《ぜりふ》を吐いて、せつらの腕を摑むや歩きだした。

「とりあえず、用事は済んだわね。暴走族のリーダーの名前も住所もわかったわ」

「それより、ここを出るのが問題さ」

ちっとも問題じゃない口調である。真純はせつらを見上げて、

「どうして？　帰り道くらい、あたしにもわかるわよ。入り組んでるけど、こんな狭い町、脱出するのは訳ないわ」

「うーん」

せつらは前方へ顎《あご》をしゃくった。

「あら？」

真純が眼をしばたたいた。

位置から言うと、道を左へ折れて、五〇メートルばかり進んだところ。ジャンキー広場である。いや。

そこは、だだっ広い工場の内部だった。

優に三〇メートルはある天井は穴だらけで、光には不自由しないが、二人を囲む巨大なメカが、凄《すさ》まじい圧迫感を与えてくる。メカのてっぺんは天井に

達していた。

メカといっても電力や未知のエネルギーによって動くのではないことは、その武骨なスタイルや鉄の身体《ボディ》を見れば一目瞭然《いちもくりようぜん》だった。

「どこよ、ここ?」

真純が眼を剝いた。

「確かに同じ道を通ったのに、ジャンキーどもはどこへ行ったの?」

「これが〈矢来町〉スラムの名物『貧乏迷宮』だ」

せつらは少しも変わらぬ口調で説明した。

「自虐的な名前ね」

「〈区役所〉の調査によると、空間が刻々と位置を変えてるそうだよ。その空間内に位置を占める物体もそれに倣《なら》う」

「法則性はあるの?」

「わかっていない」

「じゃあ、帰れないじゃない。どうすればいいの? あたしは空間移動はできないわよ」

「何とかなるよ」

「嘘つきなさい」

「どうしてそう思う?」

「顔に描《か》いてあるわよ」

せつらは、うーむと頰を撫《な》でた。

それにキレて、また文句を言おうとした瞬間、巨大なモーターが動きだしたような響きが、真純を凍結させた。

メカたちが動きだしたのだ。

巨大な工場はたちまち、重々しい地鳴りのような音で満たされた。

いちばん大きな鉄メカの上部から、青紫《あおむらさき》の炎が上がった。その隣で、これも鉄の塊がかすかな唸りを放ちはじめた。二つは太い鉄のパイプでつながっていた。

「何よ、あれ?」

「火力発電だな」

「え? ここ自給自足?」

「ああ。ただし半分は魔法で動いてるらしい。だから、こんなに簡単なメカで済むんだ」

「ちょっと、停めてみていい？」

真純の眼が光った。魔法と聞いて対抗意識を燃やしたらしい。

「やめたまえ」

さすがにせつらが止めた。

右方の奥に鉄の扉がある。二人はその方へ歩きだした。

せつらはいつもどおり、楽しいのか楽しくないのかさっぱりわからないが、真純のほうは、不可思議な状況にもかかわらず、心底楽しそうである。せつらといるだけで、歓喜のエキスが血管中を駆け巡ってしまうのだ。

この人といられるなら、一生このままでも構わない――そんな気分だった。

あと一〇メートルというところで、鉄扉《てっぴ》が音を立てた。鍵の外れる音であった。

一瞬の間を置いて、猛烈なパワーが鉄扉を撥ね開けた。

耳を覆《おお》いたくなるエンジン音とともに侵入してきたのは、グロテスクな改造バイクの一団であった。

「へえ」

「あら」

二人は顔を見合わせた。

凶走者たちがこちらに気づいて、周囲を廻りだす。一般人なら震え上がる状況だった。それなのに、せつらはともかく真純のほうは驚きと歓喜に満ちていた。

「ねえ――ちょっと」

と声をかけたが、旋回の輪は止まらない。どころか、徐々に狭まってくる。

「あんたたち、『飛び加藤』？　リーダーは――君？」

真純が指さしたのは、一台だけ脅しの輪に加わらず、メカのすぐ前に停車中のバイクの主であった。

メットの下は濃いゴーグル付きのガスマスクだ。

この辺で暴走族の群れも、様子がおかしいと思いはじめたらしい。ゴーグルの下から二人を見つめる凶眼にとまどいの色を浮かべて、リーダーの方を見た。

反応はない——と見るや、二人にいちばん近い般《はん》若《にゃ》の面をつけたライダーが、右手を上げて旋回を止めた。サブ・リーダーだろう。

全員の視線が、せつらの顔と、真純の胸と尻とに注《そそ》がれた。もう舌舐りしている奴もいる。肉食獣どもがまた、獲物を見つけたのだ。

だが、どこか不自然な——とまどいといってもいい雰囲気を、二人は感じていた。

リーダーは、入ってきたときから四方を眺めているし、ライダーたちの何人かも同じ風だ。

「ここは〈矢来町〉スラムの発電所だよ」

とせつらが教えてやった。

「どこへ行くつもりだった？」

「やかましい！」

サブ・リーダーが叫んだ。動揺を隠すために、並み以上の大声を張り上げざるを得ない。

「てめえらこそ、こんなところで何してる？」

「君たちを捜しに来た。いや、リーダーの加藤くんを」

サブ・リーダーばかりか、二人を囲むライダーたちも、訝《いぶか》しげな表情になった。

彼らに取り囲まれた人間たちは、やくざでも怖気《おじけ》づく。もともと凶暴な若者たちは、さらに暴力的な行為をエスカレートすべく、精神昂進《こうしん》用の麻薬《ドラッグ》を愛飲しているのだ。

その掌中に入ってしまえば、一般市民、警官、やくざを問わず、女は犯され男は殺される。彼らの行動に目的などはない。社会秩序への反乱などという大義名分とも無縁だ。望みは他人を破滅させることによって得られる欲望の成就《じょうじゅ》だ。彼らと遭遇《そうぐう》し、獲物と認められた者たちは運命を甘受《かんじゅ》するしかない。

剝き出しの尻を高く掲《かか》げさせられ、後ろから責められているＯＬの声が、泣き声から喘《あえ》ぎに変わるとき、生命乞《いのちご》いをするやくざをロープに縛りつけ、ガラス片で満たした道路を疾走するとき、彼らの血は熱くたぎり、精神《こころ》の悪魔は歓声を上げる。彼らの生き方はそれを堪能するためにある。それだけだ。

それなのに、眼前の二匹の獲物には少しも怯《おび》えた風がない。男のほうは平然――というか、通りすがりの人間を見ているような雰囲気だし、女のほうはどこか自信満々だ。

うす気味悪く感じたのも束《つか》の間《ま》、それを糊塗《こと》すべく、サブ・リーダーは自衛隊の放出戦闘服の腰から、コンバット・ナイフを抜いた。

肉を裂くまでもなく、これで頬を二度も叩けば、女は抵抗の気さえ失い、服を脱ぐ。

突きつけた相手は、しかし、せつらであった。こんな状況でも、女にちょっかいを出すと、粋《いき》がった男は果敢に刃向かってくる場合があるからだ。そういう奴も、片眼をえぐり、その前で犯しまくった女の喉《のど》を切り裂いてやると、涙を流して生命乞いを始めるのだが、眼の前の二人は、どこかそんな常識に合わないところがあった。彼らの方から吹いてくる不思議な風が、残忍性の炎を大きく、なびかせてしまうのだ。

最初にせつらを落とすと決めたのは、そんな心理であった。

「おめえ、いい男だな。さぞやモテるだろう。頬《ほ》っぺたを裂かれると困るんじゃねえか？　眼の玉をえぐられたら、もっとモテるかな？」

「君――加藤君？」

せつらが訊いた。ナイフも脅しも全然という口調であり、表情であった。

ナイフが止まった。

「違う？　ならやっぱりあっちか」

せつらはガスマスクの方へ眼を細めて、

「どいてくれ」

と言った。

全員が凍結した。せつらと——もうひとりを除いて。真純は頼もしそうにせつらを見た。

「てめえ」

サブ・リーダーは妥当な反応を示した。せつらの鼻先で固定したナイフを、一気に右へ閃《ひらめ》かせたのだ。予備動作を一切含まないプロのやり口だった。せつらの鼻は削《そ》ぎ取られていたに違いない。

だが、肌を裂く手応えとは別の——明らかに空を切ったと刃が伝えた刹那、ナイフの刃は半ばから切断されて地面に落ち、それを振るったサブ・リーダーの右腕は、肩から離れてその後を追った。

真純が身を退いて迸《ほとばし》る鮮血から逃げた。

身も世もない叫びを上げて、バイクから転がり落ちたサブ・リーダーの姿は、ライダーたちに恐怖とそれを凌《しの》ぐ残忍さを与えた。

次々にバイクを下りて、拳銃やナイフを抜く。

「やめときなさい」

真純が、凶獣と化した一同に向かって叫んだ。

「この男を見てくれで判断したら危《ヤバ》いわよ。その坊やより酷《ひど》い目に遭《あ》うわ」

と言っても、こういう場合、女のしたり顔は逆効果だ。舐《な》められてるとしか凶人たちは思わない。

「やっちまえ」

ひとりが絶叫した。

全員が二人めがけて走りだそうとする。そのとき
——

「やめろ！」

低い制止が、殺意の凝塊を霧と変えた。逆らえば何をされるかわからないと思わせる不気味な迫力があった。

リーダーであった。

第六章　野獣の魔法

1

「へえ」

と漏《も》らして、真純は遠いバイクの主を見つめた。

声ひとつで、これは只者《ただもの》じゃないと悟ったのだ。

同時に閃《ひらめ》いた。

――こいつ、かなり、やる
リーダーは床の方へ顎《あご》をしゃくり、

「その女の言うとおりだ。おい、ジンを起こして、面を取れ」

命令は鉄らしく、殺気はそのまま、手近の二人がサブ・リーダーに駆け寄って、血まみれの身体《からだ》を抱き起こし、般若《はんにゃ》の面を取った。

「そのハンサムを見せてやれ」

出血と痛みのためにに半狂乱状態の青白い顔が、無理矢理せつらに向けられた。

網膜がせつらの像を結んだのは一瞬であったろう。

歪《ゆが》んだ顔から、すうと苦痛の色が消えた。

せつらの顔を瞳に留めたまま、サブ・リーダーは全身の力を抜いた。

支えるライダーたちが、愕然《がくぜん》と彼を見つめた。

地獄の苦痛に苛《さいな》まれている男は、恍惚《こうこつ》と美に陶酔していた。彼らが眼にしたものは、恋に狂ったあられもない男の姿であった。

「捨てちまえ。もう役に立たねえ。それから、バイクに乗れ」

リーダーの指示は、瞬《またた》く間に果たされた。

「いいか、おまえらの相手は、こういう男だ。死んでもゴーグルを外すなよ」

緊張の針が真純の心臓を刺した。リーダーの判断は正確である。それでいて、なおも戦いを挑もうとする意図が不気味だった。

「やれ」

バイクは再び周回を開始した。

ぐんぐんスピードが増していく。

ゴーグルの下の顔が、緊張からやぶれかぶれに変わるのを真純は見た。彼ら自身も恐れる攻撃が始まるのだ。

かすかな不安に駆られてせつらを見上げた途端、不安は幻のように消えた。

少しも変わらぬせつらの表情がそこにあった。絶対的な死を前にしても、この美しい若者はこうやっているだろう。

狂走する車団に眼をやり、

「さあ、来い」

と真純は歓迎の辞を述べた。

突如、バイクの一台が空中へ躍《おど》った。驚くべし。他のバイクもそれに従った。バイクの列はひとすじの竜巻と化して空中へ立ち昇り、あまつさえ二人も吸い上げた！　いや、地上に散らばる鉄骨や鋼板さえも！

めまぐるしく回転しつつ宙を飛ぶ二人の耳に、

「おれの綽名《あだな》は〝飛び加藤〟——昔の忍者の名前だ。これはご先祖の使ったといわれる術で〝昇り竜〟。コマンド・ポリスの機動隊が、車輛《しゃりょう》一〇台、隊員一〇〇名——まとめて墜落死したって事件、覚えてるかい？　これがその原因だよ」

眼下からリーダーの声が聞こえた。

「頼むから逃げて見せてくれよ、色男。これくらいでその顔をつぶしちゃ、死んでから地獄にも行けねえぜ」

「その前に」

せつらの声を、真純は痛みと歓喜の中で聞いた。

「——〈荒木町〉の与佐野さん宅から、宝石入りパンティを盗んだはずだ。どこにある？」

耳の中で風が吠《ほ》え、空気の縄が全身を縛《しば》り抜く。なのに、この美しいのほほんとした声は、どうやって出すのか？

「嬉しいねえ、少しもまいってねえじゃんか」

リーダーの声は歓びに震えていた。

「そうこなくっちゃな。いいだろ。おれに勝ったら教えてやるぜ。まずは、そこから脱《ぬ》けてみろ！」

突然、二人は解放された。

遠い天井に到達したバイクの奔流《ほんりゅう》は、天井と平行に走っていた。

そこから二人は落ちた。地上まで三〇メートル。激突すれば即死は間違いない。

「大丈夫よ」

真純は自信を込めて言った。

絶対にこの男《ひと》を死なせやしない。寝てもらうまでは。

一〇メートルで、真純の背中から半透明の羽が開いた。それは術ではなく、夜、空中を散歩するための小道具であったが、トンボの翅《はね》よりも薄いそれは、空気の抵抗を造作《ぞうさ》もなく吸収し、二人を空中に停止させた。

リーダーの右手から光るものが飛んだ。細いすじだったそれは、羽と接触する寸前、畳一畳分もある鋭い箔《はく》と化して、片方の羽を半《なか》ばから切り落とした。

大きく傾きつつ必死でバランスを取ろうとする二人をめがけて、元の形に戻った凶器は、ゆるやかに反転した。

それが見事に縦に裂けたのは、二人が体勢を立て直した瞬間であった。

真純の術でも小道具でもない技で空中に留まる二人へ、リーダーは驚きの声を送った。

「こいつは驚いた。おれの〝箔刃《はくじん》〟を撃墜するとはな。どんな手を使ったのか、教えてもらおうか」

それを託されたのは、工場の端で待機中の〝昇り竜〟であった。

バイク製の巨竜は風を巻いて二人を襲った。

「よせばいいのに」

真純が溜息《ためいき》を吐《つ》いた。

何が起きたか熟知し、これからは自分の出番でないことを悟った魔法使いの感慨であった。

空中に絶叫が広がった。

血とオイルの奔騰《ほんとう》はわずかに遅れた。

竜の構成員たちは、そのバイクごと両断されたのである。それは、眼には見えない長大な刃《やいば》に、頭から突っ込んだような地獄絵図であった。

「こらひでえ」

竜巻の巻き上げたものは、必ず落ちる。発生地点から数百キロ離れた場所に数千匹の魚が降ってきた事実は、奇現象の本を開けば幾《いく》らでも見つかる。だが、これは規模こそ小さいが遥《はる》かに無惨《むざん》で遥かに凄絶な落下物であった。

血の雨とともども矢継《やつ》ぎ早《ばや》に落下するバイクの破片や配下たちの手足と首と胴から、リーダーは辟易《へきえき》したように、バイクを発進させた。

「『貧乏迷宮』に迷い込んだと思ったら、とんでもねえ魔物に出くわしちまったぜ。悪いがお先に失礼だ」

前輪を浮かせて後輪のみで行なうウィリーの方向転換は鮮《あざ》やかに決まった。前方に入ってきたのとは反対側の鉄扉《てつび》があった。

その前に、黒白《こくびゃく》の人影が。

「あっちゃあ」

リーダーはガスマスクごと天を仰《あお》いだ。バイクは停止した。

「悪いことはできねえってか。〈新宿警察〉にも、どえらい凄腕がいたもんだ」

「警察とは関係ない」

せつらは茶飲み話みたいな口調で、首を横に振った。

「僕はあのパンティを捜《さが》してるだけだ。教えてくれたら引き下がる」

「警察《サツ》じゃねえのか?」

持ち上がったままの前輪が、わずかに下がり、また上がった。

「なんでえ。なら、逃げる必要もねえな」

リーダーの声がさらに低くなった。今の大殺戮《だいさつりく》を目《ま》の当たりにした上で、せつらとやる気なのだ。

真純が、へえ、とつぶやいた。

「スラムにいるラーメン屋の爺《じい》さんって知ってるか？　おれはあいつから魔法を習ったんだ。筋はよかったようだぜ。触りもしないで、その首を落としちゃろうか？　いいや、影と本体を切り離すてのはどうだ？　影を嬲《なぶ》ると本体にも同じ苦痛が走る。いやいや、放っといても、影が食えなきゃ、本体も何も食えず、飢えて死ぬ。それとも、影の顔をズタズタに――」

リーダーは、はっと顔の位置をずらした。遠くで猫の鳴き声を聞いたのだ。

その顔に、ぱっと朱《しゅ》のすじが走った。四条ずつ斜めに交差して計八条――ごついゴーグルと分厚いマスクの上からなのに、肉まで裂けたものか、その痕《あと》からみるみる血の帯が流れはじめた。

拭《ぬぐ》おうともせず、ゴーグルの下の眼が真純をにらみつけた。


「貴様《きさま》……似たような感じだと思ってたが、やはり使うか。面白い。まずは貴様から――ぐわっ⁉」

リーダーはのけぞり、左手を背中に廻した。革《かわ》製のライダー・スーツには、防弾耐熱処理を施《ほどこ》してある。見えない爪《つめ》は紙のようにそれを貫《つらぬ》き、背中を五〇センチも引き裂いたのである。

「それでも倒れないの？　ご立派」

と真純は微笑を浮かべた。眼だけが笑っていない。それどころか、官能と等しく、清々《すがすが》しい清純さも備えたこの娘のどこに、と見たものの血も凍らせる鬼気が満ちている。言うまでもない。リーダーは、せつらを殺そうとしたのだ。

「〈式神《しきがみ》〉だ」

とせつらがつぶやいた。

「それは日本式。西洋じゃ〈使い魔〉よ」

「何でもいいけど、殺しちゃ困る」

「大丈夫。あなたの望みを叶《かな》えてから、八つ裂きにしてやるわ」

「落ち着きたまえ」

彼を知る者が聞いたら、腰を抜かしそうな台詞《せりふ》をせつらは口にした。残忍を残忍と意識していないこの若者にさえ、真純の怒りは度肝《どぎも》を抜かせてしまったのだ。

「生まれてこの方、これ以上はないくらい落ち着いてます。さあ、大きな口は誰に叩《たた》いてたの？　たかだか暴走族の頭《かしら》程度のチンピラが、ちょっぴり魔法を齧《かじ》ったくらいで図に乗るからこの様《ざま》よ。この男《ひと》の影を嬲るですって？　飢え死にさせる？　やってごらんなさい。その前に、あんたのあそこを切り取って、あんたに食べさせてあげる」

「あの」

「わかってるって！――その前に吐きなさい。その――パンティはどこにあるの？」

無言が数瞬――リーダーはもう一度のけぞった。

見えない爪が背中を裂いたのだ。

2

「わかった。教えてやろう」

「――ほら、最初から素直になればいいのよ」

嘲《あざけ》りながらも、真純には自分の言葉が一瞬遅れた訳がわかっていたのかも知れない。リーダーの声は、妙に静かに――落ち着いていた。

「あのパンティは、おれの友人《ダチ》のオカマにくれてやった。名前はマムコだ。住所は知らねえ。携帯は××だ」

「ありがと。それで充分よ」

「ところで、それを聞いた以上、黙って帰れるとは思っちゃいねえな？」

「もちろんよ。あたしのミス。しゃべってる間に、喚《よ》んでしまったようね」

「そうとも。おれの〈使い魔〉をな。貴様の猫より――ちと手強《てごわ》いぜ」

真純がにやりとした。

「ねえ、あたしがわざと待ってると思わなかった?」

これに対する反応を、真純もせつらも見ることはできなかった。

頭上から気配が伝わってきたのだ。

何やら巨大なものが渦巻き、空気みたいな希薄な状態から徐々に——速《すみ》やかに形と質量を備えていく。

「さ、お待ちかねのお相手だ。せいぜい気張るがいい」

それまでアイドリング状態だったエンジンが唸《うな》った。実力発揮の歓びを凄《すさ》まじい排気音に変えて、タイヤが猛然と床を蹴《け》った。

その背中に何かが走る。

風を切る音が真っすぐ伸びて、何かの中心を貫いた。

せつらが聞いたのは、猫の苦鳴であった。それから、ごつんと地面にぶつかる音。


「このォ」

憤然とふり向く真純の頭を、その手が包んでコートの胸に押しつけた。

「何するの!?」

もがく娘へ、

「ふり向くな。あいつを見ちゃいけない。昔——メフィスト病院で感じた気配だ。院長は喚び出して始末するつもりだったけど、うまくいかなかった」

これでもう少し切迫感があれば、真純も大人しくなるのだが、春うららなものだから、なおも暴れて、不意に大人しくなった。

頭上のものが、こちらへ殺意を吹きかけてきたのだ。なんと不気味で、なんと汚穢《おわい》な殺意か。これにまみれて、何万という生命が無惨この上ない死を迎えてきたに違いない。

「あたしの〈使い魔〉を射たのは——矢よね?」

真純はせつらの腕を軽く叩いて、頭を自由にした。

「射られたほうは、地面にぶつかったとき、石みたいな音を立てたわよね。ひょっとして、こいつは、あれ？」

「らしい」

「なんてもの教え込んだのよ、あのラーメン屋」

「おい、そろそろ対策は練《ね》れたかい？」

扉の前からリーダーが呼びかけた。

「そこで黙っていても、こいつは見逃しちゃくれないぜ。見ずにいても、矢で射られりゃ同じく石になる。相当に苦しいらしいぜ。それから、さっき言ったマムコの携帯――あれは出鱈目《でたらめ》だ。達者でな」

バイクがひとつ唸って、リーダーは扉の向こうへ消えた。

「ねえ――逃げて」

真純が小さくささやいた。

「ここはあたしが引き受ける。早く追いかけて」

せつらが黙っていると、

「早く行って。あたしがどうなろうと気にする男《ひと》じゃないでしょ。でも、二度と噂《うわさ》も聞かなくなったら、少しは悲しんでよね。それから、月の明るい晩に、ときどき憶《おも》い出して」

「わかった」

間髪《かんはつ》入れずに応じてから、

「眼をつぶったら、身体の動きにまかせたまえ。一《いっ》切逆《さいさか》らうな」

「え？」

せつらの指示の意味を、真純は判じかねた。ひょっとして、この男《おとこ》は自分を守ろうとしているのか？

「――駄目よ、ここはあたしが」

その頰《ほお》を撫《な》でた――想像もしなかった。柔らかく、あたたかいものが。せつらの手であった。それを握りしめたくなる衝動を、真純は必死にこらえた。

もう、この悪党。あたしの弱味を知りくさってるのね。悪党め悪党め。でも、この世のものじゃないくらいの素敵な悪党め。

「行きたまえ」

嫌《や》よ、と叫ぶ声は声にならなかった。逆らわないどころか、逆らえっこない力で、真純の身体は右へ飛ばされ、ほとんど隙間《すきま》なく地上に突き刺さった鉄骨の後ろへ入り込んだ。〝昇り竜〟が吸い上げて落とした鉄骨であった。

見えない糸が動きを封じている。いら立ちのあまり首をねじ向けようとして、それも許されず、真純はすぐにあきらめた。

せつらが対峙《たいじ》している敵――それがあいつだとしたら。あるものが無性《むしよう》に欲しかった。どこかにないの？――鏡は？

せつらもふり向かずにいた。

鏡はない。磨《みが》き抜かれた刀身も、青銅の盾《たて》もなかった。

彼は眼を閉じていた。万にひとつのミスを恐れたのではない。視覚に頼れないのなら、気配を感じる他はないのだった。

すでに、自分を中心に扇《おうぎ》の骨のように妖糸を張り巡らせてある。〝監視糸〟だ。

すでにそいつのサイズは見当がついていた。

神話も伝説も嘘八百であった。

そいつの頭から腰までは約二メートル。腰から尾の先までは一〇メートルを超す。抱えた弓の全長だって五メートル以上、矢ときた日には三メートル、太さは三センチもあるだろう。

それだけを伝えて、糸はことごとく切れた。酸のような臭いがせつらの鼻を突いた。そいつの身体からチタン鋼も腐蝕《ふしよく》させる液体が滲出《しんしゆつ》しているのだ。

殺気が凝縮《ぎようしゆく》した。

弓をふり絞っている。

殺気が爆発した瞬間、せつらは妖糸使いと化した。

この世にふたりきりの糸の魔術師が操《あやつ》る糸――それはマッハを超えて飛翔《ひしょう》する矢を空中で捕捉《ほそく》し、同時に、敵へと送り返した。

全身の汗が噴《ふ》き出すような驚きの声が上がり――それで終わりだった。

矢は妖糸と同じ運命――溶解を辿《たど》ったに違いない。銃弾、砲弾ですら、この敵には通用しないのだ。しかも、声からして、敵は女だった！

「あたしを自由にして！」

真純が叫んだ。

敵の気配が移動するのをせつらは感じた。真純の声に引かれたのだ。

瞬間のうちに、せつらは次の行動を決定した。

真純の糸を解《ほど》くや、自分もかたわらのドラム缶の背後へ跳躍した。必要なのは五秒間だった。

「反射術が使えるわ！」

呪縛が解ける前に、真純は呪文を終えていた。顔中の毛穴という毛穴から汗が噴き出す。

それを顔中に塗りつけるや、鉄骨の砦《とりで》から飛び出し、敵に背中を見せたまま立った。

気配が近づいてくる。

弓を使うな、と念じた。

前へ廻れ。そして、あたしを見ろ。おまえが古代の人々を脅かし、石に変えたように。

来た。

いる。三〇センチと離れていない背後にいる。

もう大丈夫だ。弓は使ってこない。

気配が背中から上へと伸びた。

真純の頭上で止まった。

それでいいのよ、逆さ吊りだって何だって、あんたがあんたの世界一醜《みにく》い面《つら》を自分で見られれば。

真純は勝利を確信した。後は伝説を信じるしかなかった。

ずうっと顔の前へ来た。

「ご覧、自分の顔を！」

それは勝利の雄叫《おたけ》びであった。

真純の顔は銀色の仮面と化していた。顔を覆った汗だ。それは泰西《たいせい》の伝説の英雄が磨いた青銅の盾《たて》のように、おぞましいものの顔を映《うつ》して、それを石と変えるはずであった。

だが、驚愕が真純を捉《とら》えた。形容しがたい音の旋律が耳を打ったのだ。

笑いが。

何もかも忘れて真純は眼を開けた。

眼の前に巨大な——一メートルにも及ぶ逆さまの顔があった。

この世ならぬ美女の顔が。

伝説は間違っていたのか!?

違う。真純は一瞬のうちに理解した。女の直感であった。

その柳眉《りゅうび》、切れ長の官能的な双眸《そうぼう》、芸術としか思えない鼻梁《びりょう》の美しさ、ああ、その鮮紅色《ルビー》の唇に吸いつかずにいられる男が存在するだろうか。

だが、どれにも無理がある。微妙な採寸の狂いが繕《つくろ》われていない。

これは——整形だ。

——あんたも女だったのね
真純ははじめて、敵に憐《あわ》れみを感じた。きれいに、美しくなりたかったのね。世界中に撒《ま》き散らされた自分の伝説に終止符を打ちたかったのね。

美女が右手を振りかぶった。

長い鉄の矢柄《やがら》の先で、黒曜石《こくようせき》の鏃《やじり》が真純の顔を映していた。

「なんてこと」

真純は自分のボヤきを耳にした。

「あんたのほうが、ずっときれいだわ」

その顔の真ん中へ、鏃が——

「おーい」

近くから美しい声がかかった。

真純は荒々しく床に撥ね飛ばされた。頭を打ったせいで、激しいめまいが襲った。必死で立ち上がり、声の方を見た。

まず、眼の前を蠢《うごめ》く蛇体が見えた。自然という名の芸術家の手になるとしか思えない鱗《うろこ》の列が、乏《とぼ》しい光の中で青緑のかがやきを放っていた。その先に人間の上半身が生《は》えていた。蛇体に呑み込まれたかのような赤黒い身体は、無数の腫物《しゅもつ》をちりばめ、その全てが緑色の膿《うみ》を噴いていた。せつらの妖糸を無効にしたものは、それに違いない。膿がしたたるたびに、白煙を上げるコンクリの床が、この推理を証明していた。

そして、唖然《あぜん》としたことに、顔まで見ながら真純が気づかずにいた髪の毛は、まさしく伝説どおりのおびただしい蛇の姿を取って、妖《あや》しく蠢いているのだった。

これだけで、並みの人間なら腰を抜かすかも知れない。真純はそうならなかった。眼にした敵の正体など、実は気にもならなかった。

それはいま動きを止めて、前方に立つ黒ずくめの人影を見下ろしていた。自分を呼んだ声の主を。そして――

恋に落ちてしまったのだった。

真純と同じ。

人影はせつらだった。

彼も敵を見上げている。眼を閉じているのは、敵の今の顔を知らないのだから当然だ。

敵を空中で停止させたその顔。

次の瞬間、せつらも敵も指一本動かさないのに、敵の首は呆気《あっけ》なく落ちた。

敵がせつらの顔を見た途端、膿の滲出が止まったのを、真純が気づいたかどうか。

転がった美女の首は、切り離された胴体もろともたちまちガス化してしまったが、その顔は生ける髪の毛も含めて、最後までこの世ならぬ至福の表情を浮かべていた。

3

「なんて魔法を使うのよ、もう」

真純の声は虚《うつ》ろだった。せつらがその腕を取った。

「世界中の人間を石に変えてきた奴が、あんたを見た途端、自分が石になっちゃった。恋する女っていう石にね。あなたと出くわす生き物全部にサングラスを掛けさせせなきゃ」

せつらは胸ポケットから、ひとつ取り出した。

「何よ、それ？」

「時々、使う」

せつらはそれを掛けた。

真純は胸の中で安堵《あんど》の息を吐いた。

これで自分みたいにサングラスを掛けなくても、恋に狂う女はいなくなるだろう。それでも身体は熱く、心臓は元に戻りたいと叫びつづけている。

見たものを石に変える妖怪が、見惚れて斃《たお》された。眼の前の若者こそ妖怪を超越した魔性《ましよう》ではないのか。

「ねえ、その顔――化粧したの？」

「はあ？」

「とぼけないで。いつも口紅《ルージユ》とか、アイライン持ち歩いてるの？　香水《コロン》はディオールね」

「…………」

「あたしを解放したのは、化粧の時間を作るため。確かに大成功だったわよね」

「どうも」

「何でもいいわ。謝るのはあたしのほうだわね。助けてもらったおかげで、肝心《かんじん》の奴を逃がしちゃった」

「大丈夫」

「え？」

「『貧乏迷宮』は休憩中らしい。奴はまだ、スラムの内部《なか》にいる」

「どうしてわかるの?」

「糸」

「あ」

逃亡を図ったリーダー——加藤の身体に巻き付けた千分の一ミクロンの妖糸は、今も敵の動きと居所を、せつらに伝えてくるのだった。

真純は肩を落とした。

「どうしたの?」

「何でもない」

本当は、加藤の居場所を確保しているから自分を助けたのね、と言ってやりたかったのである。

大事な獲物を逃がしても、自分を救ってくれた——子供っぽいが、そう思っていられたら、どんなに幸せだったろう。

「行こう」

せつらは歩きだした。

少し間を置いてから、真純もひとつ大きな溜息を吐いて、その後を追いはじめた。


この若者に何かを望んでも無駄なのは、最初からわかっていた。一喜一憂するほうが間違っているのだ。

そう思っても、風が吹いていく。胸の中を。

それはかなり冷たかった。


発電室を出ると、何本もの通路を曲がり、バラックの間を抜けて、いかにもといった看板をぶら下げた一角に到着した。

どぎつい化粧と下着姿が売りものの女たちが、しつこく声をかけてきたが、せつらの顔を見るとみな大人しくなった。

安物の香水と媚薬《びやく》の匂いが鼻を突く。子供など一歩足を踏み入れただけで失神しかねないスラム街最大の悪所——「風俗通り」であった。

昼間だというのに、派手なネオン・サインが点滅し、妖しいディスコ・ミュージックが流れ、店のガラス・ドアやショー・ウインドーには、女性の淫《みだ》らな写真が隙間《すきま》なく貼りつけてある。

外で待てと告げられた真純は、さすがに従った。

ある店の前を通った途端、格子《こうし》窓の間から何本もの白い手が伸びてきた。

「寄ってらっしゃいよ、横顔が素敵なお兄さん」

「そのサングラス、あたしが外してあげる」

「ねえ、こっち向いてン」

そして、望みを叶《かな》えてやると、格子の向こうで全員総崩れ。

店の者が腕の刺青《いれずみ》を開陳しながら飛び出してきても、せつらの顔を見ると、呆然《ぼうぜん》と立ち尽くすか、椅《い》子《す》に腰掛けるか、壁にもたれるかで終わってしまう。これほどのトラブル・メーカーも少ないが、これくらい解決が迅速《じんそく》な男も珍しいだろう。

五分とかけずに、せつらは狭苦しい路地に突っ込んである改造バイクを見つけた。

看板に、

「3D幻覚ソープ　イリュージョン」

とある。

麻薬と妖術を併用して、生身の人間や動物や機械ではなく、幻覚に接待させる店である。3Dというのは、薬漬《づ》けの脳が生み出す単なる幻ではなく、現実の肉体を備えた――それでいながらあくまでも幻覚にすぎない女たちが相手をするからだ。せつらは何気なく店の前を通りすぎ、次の角を左へ折れると、「イリュージョン」の横へ出た。

こういう店の内部は経験上、ほとんど変わらない。

非常ドアには鍵がかかっていた。無理に開けようとすれば非常ベルが鳴り響く。

せつらは妖糸を放った。

店内を隈《くま》なく巡る糸は、その触れたもの全ての大《サ》きさ《イズ》と質感、色彩《いろ》すらも鮮明にせつらの指から脳へと伝えてくるのであった。

一階に六畳ひと部屋のプレイ・ルームが三室と、スタッフ＝用心棒たちの控え室がひと部屋とトイレとシャワー室。二階はトイレとシャワー室の他に四部屋が並んでいる。問題は地下で、幻覚剤の調合部屋と妖術師の控え室の他に、かなり大きな焼却炉を備えた部屋がある。妖糸は、その前に置かれた荷車《キャリアー》と荷物——死体とを伝えてきた。

二二、三のアジア系の娘である。口もとからこぼれる涎《よだれ》と筋肉のこわばり具合、開いた瞳孔から、毒物——幻覚剤の服《や》りすぎというのは、すぐにわかった。幻覚ソープと知りながら、いざとなると幻では飽《あ》きたらない、本物を呼べと喚《わめ》く客もいる。大概は麻薬の常用者だから暴れると手がつけられない。娘はそのための待機要員であろう。地下の調合部屋に白衣の男がひとりと、妖術師がひとり、一階の控え室にネクタイを締めたマネージャーらしいのと、筋肉隆々のレスラー・タイプが二人詰めている。生身の女はいない。

加藤は二階にいた。

裸の顔と背中には、うっすらとピンクのすじが残っているきりだ。彼自身が再生能力を備えているに違いない。

金髪の白人グラマー二人に囲まれながら、加藤は三人目の相手を造り出しているところだった。

材料は、手もとの大きな灰皿に置かれた長いパイプの中身だろう。

加藤の口と鼻からこぼれ出した灰白色《かいはくしょく》の塊は、青い燐光《りんこう》を放ちつつ、胡坐《あぐら》をかいた絨毯《じゅうたん》の上にわだかまり、明らかに人間の形を取るところだった。

脳に異常でもない限り、客はこうやって好みの美女を創造することができる。3Dソープの所以《ゆえん》であった。

せつらは穏便な手段を選んだ。

普通はスタッフ全員と客たちを妖糸で緊縛、失神させ、当人を連れ出すのだが、今回は、幻覚の女を造り出したところで、音もなく忍び寄った糸が、加藤の首に巻き付いた。

皮膚《ひふ》も破らず、痕ひとすじ残さず、しかし、その与える痛みは、被害者のみが知るところだ。

一瞬で、加藤は意識を失った。

後はせつらの指の神技が生み出す奇蹟であった。

加藤はインターフォンに向かって、急用を思い出したので引き上げると告げ、服を身に着けて部屋を出た。幻覚でなくても文句のつけようがないまともな声と動きであった。

一階へ下りてマネージャーに料金を支払うとき、いい娘が揃《そろ》ってたよと冗談を口にしても、相手は怪しみもせず、それはよかった、ご贔屓《ひいき》にと返してきた。

通りを歩きだす加藤をそのままにして、せつらは腕時計を見た。

あと一二分。

風俗街の出入口でせつらを待つ真純と、操り人形と化した加藤を連れて、スラムを出るには充分な時間だった。

〝探り糸〟は既《すで》に巻き戻してある。加藤を操ったのは、工場で巻いた糸だ。

通りへ出た途端、五、六メートル右側からやって来た一団のひとりが、

「いたぞ！」

と叫んで指を差した。

先刻、女たちを腑抜《ふぬ》けにした際、ついでにへたり込ませた用心棒である。示しがつかないと店の仲間がせつらを追いかけることに決め、その案内役を任されたのだろう。全員、サングラスを掛けているのは、彼のアドバイスに違いない。

手に手に木刀、日本刀を振りかざして突進してくる。せつらも走った。そちら側へ。

最初はとまどった男たちも、たちまち野獣の本性を剥き出しにして、野郎来やがれと身構える。その真ん中にせつらは突入した。

真っすぐに抜けた。一度も一瞬も止まらなかった。武器を振り上げた男たちは、そのまま固まってしまったのである。

放置されたマネキンの間をすり抜けるように、せつらは通りの端まで達し、足を止めた。男たちが残らず、「第二の加藤」に変身したのは言うまでもない。

せつらは片手を胸に当てた。

運動不足のせいか息が荒い。

真純も加藤もいなかった。

慌てはしなかった。男たちの間を駆け抜ける途中で、二人に巻いておいた糸が断たれるのを感じていたからだ。

この場合、ふさわしい台詞はひとつしかなかった。

「誰が？」

と彼はつぶやいた。妖糸が無効になった瞬間、新たな二本を走らせたが反応はない。

とりあえず、スラムを脱出するのが先決だった。ラーメン屋の爺さんの言葉を彼は忘れていなかったのである。二人がスラムの内部に留まっているにせよ、外部へ連れ出されたにせよ、捜索はそれからだ。

勝手知ったる道を、せつらはスラムの出口へと歩きだした。

すぐ異変に気づいた。

曲がった道の光景が違った。

そこは、あの発電所だった。

鉄の炉が青白い炎を噴き、むせるような血臭のただ中を、大きな塊が幾つも蠢いている。

せつらが斃した暴走族たちの亡骸《なきがら》を貪《むさぼ》る妖獣たちであった。

「貧乏迷宮」が再開されたのだ。

左右の鉄扉へ眼をやったが、せつらは動かなかった。

「貧乏迷宮」が稼動しはじめた以上、再び終息するまで逃れる術《すべ》はない。

進むべき道はひとつ——戦いだ。

真純を隠した鉄骨のところへ歩いて、身をもたせかけた。

体内時間で時刻《とき》を感じる。

一時間きっかり――午後一時四〇分に、屋台を引いた爺さんが、暴走族と同じ戸口から入ってきた。

「運が尽きたかな」

と爺さんはせつらを認めて訊いた。床の獣たちが、低く唸って彼とせつらの方を向いた。

血まみれの口もとよりも紅《あか》い眼が、平凡な老人と、世にも美しい若者とを映していた。

第七章　獣《けもの》問い

1

「できれば戦いたくありません」

せつらはのんびりと言った。

爺《じい》さんは眉《まゆ》を寄せ、眼を逸《そ》らした。眼を逸らしたのは、せつらの美貌《びぼう》にまどわされぬ用心だが、眉のほうは、この若いの生命《いのち》懸《が》けだというのがわかっているのかと、訝《いぶか》しんだのである。

「二度目の敗北を味わわせた男——一時間以内にこのスラムを出なければ、八つ裂きにすると言ったはずだ。忘れたか？」

これはこれで本気《まじ》の問いであった。せつらはうなずいた。

「なら覚悟は出来ているな」

爺さんの両手が上がった。せつらの方に向けた指を、ＰＣのキイを打つみたいにせわしなく動かしはじめた。

「おっと」

せつらが右手を上げて止めた。

「断わっておくけど、僕は魔法を使うよ」

爺さんの眼が鋭い光を放った。それに反して口もとは笑った。

「これは驚いた。では一手ご教授願おうか」

二人の間には何の介在物もなかった。

せつらは前のめりになった。猛烈なめまいに襲われたのである。

真純に教えられたある図形を脳裡《のうり》に描いて耐えた。防禦＝盾《たて》を表わす図形であった。ふ、と意識が戻った。しかし、せつらはそのまま倒れた。

この茫《ぼう》とした若者には珍しく、

——見てろよ
と思った。油断させて不意を衝《つ》く作戦を選んだのだ。

よほど術に自信があるのか、爺さんは両手をすぐに下ろして、軽い足取りでせつらの方へ歩いてきた。
頭の前で止まって見下ろした。
せつらの横顔をしみじみと眺めて、またも両手を向けた。
不気味な思念を放射すべき指は、ふた呼吸ほど置いて、小刻《こきざ》みに震えはじめた。
魔道士の五感は常人とその感覚域が異《こと》なる。同じレベルでの高低ではなく、域そのものが違うのだ。常人の見ないものを眼にし、響かぬ音を聞かなくては魔道士の資格がない。美醜についても同様だ。常人が騒ぐ程度の美しさに感動していては務まらない。
満々たるその自信が、みるみる崩壊していくのを、爺さんはその場で感じた。秋せつらの顔を見てはならなかったのだ。
子供たちは、いつもこう歌っているではないか。
〈新宿〉が見たかったら、
眼をお閉じ
白い医師《せんせ》が見えてくる
黒い捜《さが》し屋が見えてくる
本当《ほんと》の美人は〈新宿〉にいるよ
だから、二人を見ちゃいけない
爺さんの心臓は限界を超えて打ちつづけていた。人間の内部《なか》にいる美への理解者が、真の美しさを目撃してしまったかのように。
妖殺の指は握りしめられていた。
「わしとしたことが……なんと不様《ぶざま》な……」
爺さんは眼を閉じて呪詛《じゅそ》のごとく呻《うめ》いた。
役立たずの右手を高く上げて思いきり振り下ろし、空中に現われたのは、一羽の鳩《はと》であった。飼育家なら羨望《せんぼう》の生涯を送りかねない白雪のごとき翼をはばたかせて、爺さんを見つめた。その眼だけが紅玉《ルビー》のように紅《あか》く燃えていた。
「わが使い魔オフェリアよ。まず眼を閉じろ。しかる後、わしの代わりにその若者を食らい尽くせ。わしには何もできん」

呻きとも愚痴《ぐち》ともつかないその声に白鳩が応じるより早く、地上から鳩めがけて飛びかかったものがある。

桃色の塊《かたまり》——暴走族の死骸《しがい》を貪《むさぼ》っていた妖獣の一匹であった。爺さんにも一匹——いや、二匹、三匹と地を蹴《け》った。

鳩を狙《ねら》った獣《けもの》は空中で消えた。

鳩の嘴《くちばし》が大きく開いたのだ。それは空中に出現した巨大な洞窟《どうくつ》のように見えた。獣はその中に呑《の》み込まれた。

地上で重い音が連続した。

爺さんに襲いかかった獣たちが、続けざまにコンクリの床に叩《たた》きつけられた音であった。

爺さんは何もしなかった。ただ、右手の人さし指を、獣の爪《つめ》が届く寸前、地上へ傾けただけである。

三匹の獣は血を吐き、それぞれ六本ずつ、都合一八本の足を痙攣《けいれん》させて動かなくなった。

その近くへ鳩——オフェリアが舞い下りた。紅い眼は爛々《らんらん》とかがやき、口は涎《よだれ》を吐いている。これは鳥ではない。血と肉への欲望に狂った肉食獣の浅ましさであった。

あくまでも鳩の足取りで、血まみれの死骸に近づくと、豆をつつくように身を屈《かが》めた。

ひょい、と獣の身体《からだ》が撥《は》ね上がった。小さな嘴が放り上げたのである。かっと巨大な口が開いて、それを呑み込んだ。

三回続くと、床には血痕《けっこん》しか残らない。

爺さんが、やっと笑った。

「いいぞ、オフェリア——その若いのが本番だ。行け」

鳩の歩みがせつらに近づき、止まると同時に頭が傾く。

せつらの身体が宙に舞った。

それが音もなく数メートル彼方《かなた》に着地した瞬間、

オフェリアの身体は縦に裂けた。

「貴様――」

呻いた爺さんの口からは嗚咽《おえつ》のような声が漏《も》れ、上げかけた手はその位置で停止した。妖糸の呪縛だ。


だが、爺さんの方を見たせつらの顔には、そこはかとない不安の翳《かげ》が宿っていた。

「効《き》いてます？」

この老人がガレーン・ヌーレンブルクと渡り合った魔力の持ち主だという事実こそ、せつらの自信のなさの源《みなもと》であった。体内にはあらゆる毒を中和する〝賢者の石〟が埋め込まれ、胸もとには、ガレーン・ヌーレンブルクから貰《もら》った〝守り水晶〟が揺《ゆ》れているが、やはり魔法使い相手というのは、気味が悪い。

「どうです？」

爺さんは他の糸地獄の囚人と同じ反応を示していたが、急にその姿が消えた。

「？」

自分の肉眼よりもせつらは糸を信じる。だが、伝わる反応は虚無のみであった。

悲鳴が上がったのは、そのときだ。ふり向いたせつらの前方――三メートルほどの地点に、鮮血が霧のように広がると、その中に身悶《みもだ》えする人体が、朦《もう》朧《ろう》と浮かび上がったのである。

爺さんだ。だが、その首と胸と腹と足と腕はぱっくりと割れて、鮮血を噴《ふ》いている。言うまでもない、せつらの糸の仕業《しわざ》であった。

現われたときこちらを向いていた爺さんは、せつらと眼が合う寸前、背中を見せた。

「たかが、糸一本のせいで、このわしが……いいや、おまえ……はガレーン・ヌーレンブルクが……守って……おる。わしが及ばぬのは……その……せいだ……だが、おめおめと殺《や》られはせん。こればかりは……ヌーレンブルクの術も……効かん……ぞ……若者の心の臓よ、徐々に石となれ！」

その首と腕が落ちる前に、血を吐いた唇は禁断の呪文を唱《とな》えた。

血煙を撒《ま》き散らして倒れた魔道士の口もとは、くっきりと不気味な死微笑を刻《きざ》んでいた。

最後の言葉と呪文をせつらは聞いた。心臓はしかし、異常もなく鼓動を続けている。

「うん」

とうなずき、扉の方へ歩きだした足を、低い断末魔《だんまつま》の声が止めた。

「あれ？」

まだ生きていたの、と訊《き》きたいところだったのであろうが、こちらを向いた爺さんの顔はすでに死人のそれだ。

血まみれの唇が、ぱあくぱあくと動いた。まだ何か言い足りないのだ。

「何か？」

しぶとい爺《じじ》いだな、と思いながら、せつらは茫洋たる顔を向けた。


「……このスラムへ……何しに……来た？　ただの……暴走族捜し……では……あるまい？」

「はあ」

「……何だ？　おまえのような……美しい……男が……何を捜し求めている？……死ぬ前に……教えて……くれ」

せつらは少しも迷わず、

「パンティです」

と返した。

「パンティ」

とつぶやき老人は顔を落とした。深い絶望の声であった。これを上げさせたものは、一生後悔に付きまとわれるであろう。唯《ただ》ひとりの例外を除いて。

その例外が、鉄扉《てつび》の前に辿《たど》り着いたとき、その耳にもう一度、地を這《は》うような声が、無限の怨念《おんねん》――を通り越した絶望を込めて、

「パンティ」

と届いて、永久に消えた。

黒く分厚い闇のようなカーテンの下から漏れる光は、まだ夕暮れも遠いと教えているのに、室内には深更の空気が立ち込めていた。

〈新宿〉の夜。

魔性《ましよう》の夜だ。

正気が狂気に、愛が憎しみに、純粋が絶望に変わる闇の世界。今、広い室内に漲《みなぎ》っているのは、それであった。

さっき——一時間ほど前から、それに熱い喘《あえ》ぎが加わった。

女の喘ぎ。

性の官能に身も心も淫しきった若い女の呻《うめ》きだ。

天井から、全裸の娘がロープでぶら下げられていた。

若く白くボリュームたっぷりなその肉体に、おびただしい影がまとわりついていた。女を喘がせているのは、その影たちであった。

豊かな乳を、その張りに負けぬ力で、黒い指が揉《も》みつぶし、黒い爪が乳首を嬲《なぶ》る。首すじに肩に胸に腰に太腿《ふともも》に、黒い頭が群がり、乳房を吸い、首を舐《な》め、股間を責めている。

たっぷりした尻の動きからして、アナルも犯されているようだ。

闇の中に女の喘ぎの他に、行為の生む音が交差し、淫猥《いんわい》な空気に媚薬《びやく》のごとく広がっていく。

女は真純であった。

この部屋へ連れ込まれて二時間と少しになる。

〈矢来町〉スラムの一角で、加藤とともにせつらを待つ間に、急に気が遠くなった。

魔術だ、と思っても疲れきった身体は対抗魔術を駆使することができなかった。

気がつくとこの闇の中で天井から吊られていた。

魔術がかかっているらしく、意識はあっても身体は動かず、声帯が痺《しび》れて声も出ない。

それよりも、気がついたときからすでに貪られていた。

身体が反応しているのもわかっていた。もともと性欲は強いほうである。どこかを触れられただけで感じる――濡れてしまう。

闇の中に、媚薬の匂いともども、獣――肉食獣の体臭が濃厚であった。真純の背にも腿にも尻にも剛毛が当たる。

人獣《じんじゅう》だ。臭いと気配と唸《うな》り声でわかる。本物ならとうに骨まで咬《か》み砕かれているだろう。

相手の正体は、たちまち察しがついた。だが、どうすることもできないまま、獣の荒々しさと人間の淫らさを兼ね備えた愛撫《あいぶ》と責めに、真純は脳まで乱れきった。

気づいてすぐ、形ばかりの抵抗は迎合に変わった。

自分から尻を振ってじらし、性器を貪る男の頭を太腿で締《し》めつけては、アナルを求める指に合わせて激しく身をよじった。


恥知らずな反応は、男たちを狂わさずにはおかなかった。

はっきり残っていた人間の気配もすぐに獣そのものに化け、彼らは真純の尻や腿に歯を立てはじめた。

肉が咬み破られ、血の流れ出す感覚が、真純と男たちをさらに狂躁《きょうそう》させた。

恍惚《こうこつ》の喘ぎを苦悶《くもん》の叫びが蹴散らしはじめたとき、どこかに光が生じた。

男たちの爪と牙《きば》と唇と舌が一斉《いっせい》に遠ざかり、真純は息をつきつき、光の方へ顔を向けた。

影像《シルエット》だけだが、真純にはそいつの考えていることまでわかるような気がした。

新しい影の登場で影どものかけた魔法がゆるんだのか、何とか声が出た。

「ローエングリン。やっぱり、あんたね……」

2

影は笑顔になった。

「はじめて見たぜ、おまえの全裸。〈魔法街〉の野郎どもが、飲み屋で見せろ見せろと合唱してるわけだ。大したボディだぜ」

真純は長い息を吐いた。ひと区切りという意味とは別に、全身を疼《うず》かせる欲情を払いのけたのである。まだ熱い。脳の奥がまだ熾火《おきび》のように燃えている。いま触れられたら、まずい。

「あんたもスラムにいたの?」

「ああ。あの〝飛び加藤〟てのはおれの昔の子分でな。ちいと小遣《こづか》いをせびりに行ったら、何のつもりかおまえといた」

「どうして居場所が?」

「はね返りだった頃、お互い危なくなったら助けに来ようって、認知魔法をかけといたのさ。ついでに加藤に巻き付いてた糸――腐食魔法で切っといたぜ」

「あいつはどうしたの?」

「死んだよ」

あっさり言われて、真純はとまどった。

「――あんたが殺したのね?」

「ああ。様子が変だったので術にかけた。パンティの話を聞いたら、もう用はねえ。それをおれのものにしたら、加藤なんざ邪魔なだけだ。分け前をよこせと言いだすのはわかりきってるからな。おまえを嬲ったのとは別の子分が、マムコを捜しに行ってるぜ」

真純は歯ぎしりした。あれは、あ、あ、あの人のものよ。こんな悪党には絶対に渡さない。

「どういうつもりか知らないけど、あたしにこんなことをしたらどうなるか、わかっているんでしょうね。すぐ外して」

「そいつはできん。おまえにもわかるだろ。

ＭＨ《エム・エイチ》。ここまできたら、我が道を行くしかねえのさ」

ローエングリンは重い足取りで真純の前まで来た。トレードマークの金のマントの裾《すそ》が、ひと足ごとに閃《ひらめ》いた。

「〈魔法街〉の全員を敵に廻《まわ》すつもり？　あたしひとりの生命《いのち》と引き換えじゃあ合わないわよ――あっ……」

真純の身体が震えた。ローエングリンが右の乳首を嚙《か》んだのである。

「あいつらにも舐められたよな――感じたか？」

「――誰が」

歪《ゆが》めた唇が、急に熱い息を吐いた。ローエングリンの右手が股間に沈んだのである。昨日、せつらに手首から先が落とされたはずなのに、傷痕《きずあと》ひとつなくつながっていた。

「おれのいちばんの得意技が性魔術だというのは知ってるな？　感謝しな、自分の身で味わえるぜ」

「離せ、バカヤロー」

真純は夢中で身をよじったが、男の手は離れなかった。

「やめ……て……」

「やめて？」

ローエングリンは嘲笑《あざわら》った。

「その割りにはもう濡れてきてるぜ。おお、びしょびしょだ。じきにとろとろ流れ出すんじゃねえのか。どれ」

片方の手が乳房を摑んだ。異常な快感が真純を震えさせた。

こいつにセックスを触れられてから、全身が性感帯に化けたようだ。

乳首が思いきりねじられた。

叫びとともに、真純は滲出《しんしゆつ》したものが、粘っこく腿を流れるのを感じた。

ローエングリンの身体が沈んだ。頭が真純の腿を割った。

熱い吐息を柔襞《やわひだ》に吹きつけられたとき、真純は高い声を上げた。

「おまえ、誰かに抱かれたがってるな。想像はつくが、この眼で確かめてやろう」

ローエングリンは真純の股間から撤退した。

右手の人さし指には、熱い液体が粘っこく付着している。

指を振って、それを床の上に弾《はじ》いた。

液体は散らからずに広がった。

ローエングリンの足下一帯が鏡と化したかのように、天井とローエングリンを映《うつ》した。

男の顔だけは本人と違った。

真純が眼を見張った。

黄金のマントを着た秋せつらであった。

「やっぱりな」

彼は右足を上げて、世にも美しい自分の顔へ踏み下ろした。

せつらは消滅した。


ローエングリンは、一度は手首から失われた右手を眼の前に上げて、貫《つらぬ》くように凝視《ぎょうし》した。すぐに真純へ移した眼は、憎悪に塗りつぶされていた。

「おまえをおれの女にするくらい造作《ぞうさ》もねえ。だが、その前に、あのとぼけた色男の面《つら》をズタズタにしてやらなきゃ気が済まねえんだよ。おめえの胸の内はよくわかった。おれがひと肌脱いでやろうじゃねえか」

「調子に乗るんじゃないわよ、ローエングリン」

真純は歯を剝《む》いた。

「あの男《ひと》におかしな真似を仕掛けてごらん。一〇〇回も地獄へ落としてやるから」

「丸裸がでけえ口利《き》くんじゃねえよ」

ローエングリンはまだ濡れ光る指を舐めると、真純の口もとに近づけた。

「嫌」

とそむける顎《あご》を摑んで引き戻し、強引に唇を割った。

真純は吸い込んだ。

「よおし、いい子だ。もっと深く吸いな」

真純は従った。舌を絡めるとローエングリンは喜んだ。

「おお、素直になったじゃねえか、この淫乱女」

ローエングリンは指を二本にした。真純はどちらも舐めた。指も唇も唾《つば》まみれになった。

「いいぜ、MH」

わずかな疑念はあったが、真純の吸い方と舌の動きのいやらしさが、それを拭《ぬぐ》い去った。

真純は地上に下ろされた。

「跪《ひざまず》け」

と命じて、ローエングリンはジッパーを下ろした。

「出せ」

こわばりを真純は摑み出した。ローエングリンが何か言う前に含んだ。

男はすぐに呻いた。反抗を貫いていた女の服従ほど刺激的なものはなかった。

真純は最も敏感な部分に丁寧《ていねい》に舌を這わせていた。

「いいぞ。すぐに出してやる。おめえのその口を、精液でどろどろに汚してやる。おい、いっぱいに吸え」

真純の頰《ほお》がすぼまった。射精寸前だ。ローエングリンはだらしない声を上げた。たっぷり出してやろうと思った。

固いものが根元をはさみ込んだ——と意識した刹《せつ》那《な》、それは凄《すさ》まじい圧壊を肉棒に与えつつ嚙み合わされた。

ローエングリンの男根は、根元から嚙みちぎられていた。

身も世もない絶叫を放ってのたうつローエングリンの、股間を押さえた両手の間から、生々《なまなま》しい鮮血が噴き出し、床に紅い帯を描いた。

口腔《こうこう》の中のものを思いきり吐き出し、口もとを拭

うと、

「調子に乗った罰よ、ノー天気野郎」

こう罵《ののし》って、真純は素早く周囲を見廻した。致命的な一撃を与えたせいか、魔力の呪縛は消滅していた。少し離れた床の上に衣類が放り出してある。そちらへ行こうとして、もう一度ローエングリンをふり返り、その全身から血が引いた。

いない。

棒立ちになる身体を、猛烈な力が抱きしめた。

「あ、あんた⁉」

「さすが〈魔法街〉の女だ、油断も隙《すき》もねえ――おめえみてえな狂犬にいちばん大事なところをまかせたのが間違いだった。もう容赦《ようしゃ》はしねえぞ。覚悟しろ」

ローエングリンは〝麻痺《まひ》法〟を使っていた。真純の全身は硬直し、逃れる術《すべ》がない。おそらく、その術は彼自身の股間から体内を駆け巡る地獄の苦痛をも麻痺させていたにちがいない。


だが、真純の裸身が奇妙な形にくねるや、鮮やかにその腕の輪から脱け出し、軽やかに宙を舞っていた。

着地したのは五メートルも彼方――扉のすぐ前だ。

今度は悪罵《あくば》もなしで身を翻《ひるがえ》したその腰に、赤黒い帯が三重に巻き付いた。ローエングリンの舌であった。

その先端は真純の乳房の間まで持ち上がり、真っ赤な口を開いて、しゃあと吐いた。舌は蛇に化けたのである。

「悪趣味」

真純はその首を摑むと、何と乳房に押しつけた。蛇が牙を立てたのは当然だ。牙には牛でも失神させる毒が含まれていた。

白く滑《なめ》らかな乳の上を、白いすじが二本、ふくらみに沿ってすうと流れ落ちた。

乳房からしたたり落ちたとき、真純の乳は床の上で白い猫と化した。

その牙と爪はローエングリンの舌よりも遥《はる》かに凄まじい力と切れ味をもって、忌《い》まわしい舌を半《なか》ばから切断してしまった。

「ぐわあ！」

とのけぞった敵を尻目に、扉の方へ走りだそうとして真純は立ち止まった。

その四方を黒い影たちが取り囲んでいた。

ローエングリンの前に、真純を嬲り尽くしていた影たちが残っていたのである。

「どいて！」

魔法の構えを取って、真純は両眼を閉じた。

「あうっ⁉」

白い身体が沈んだ。俯《うつむ》いたその眼は、股間へ潜《もぐ》り込んでいく赤黒いすじを見た。

「おれの〝膣舌《ちつした》〟だ」

ローエングリンは仁王立《におうだ》ちで笑った。真純の術が無効ではなかった証拠に、笑顔はこわばり、蠟《ろう》みたいな顔は、汗で塗りつぶされている。

それでも彼は笑った。これからどんな目に遭《あ》うか楽しみにしていろ、とでもいう風な邪悪で淫虐的な笑いであった。

片手をついて身を支える真純へ、影たちが襲いかかった。

扉が開いたのは、その瞬間であった。あまりのタイミングのよさに、影たちはそちらを向くこともできなかった。扉の向こうに立つのは、スキー用の眼出し帽を被《かぶ》った長身のブルゾン姿であった。

両手も革手袋で隠し、唯一、外部と接触している両眼は、憎悪に燃えている。

両手が消音器独特の押しつぶされた銃声を放った。

突然の襲撃者に気づく前に、影たちの半数が薙《な》ぎ倒された。襲撃者は、二挺《ちょう》の短機関銃《SMG》を構えていたのである。

反攻しようとした影もたちまち射ち倒され、背を向けた影も同じ道を辿った。

音もない銃火はローエングリンも襲った。

魔法を使う余裕もなく、彼は驚くべき速度で身を翻した。コンクリ片と火花を散らす銃弾を躱《かわ》しつつ、逃亡の呪文を唱える。突発的な恐怖が何千回と唱えた呪文を忘却させていた。危機脱出——不可能を可能にする魔法は、その行使に複雑で煩雑《はんざつ》な過程を要求する。

代わりが必要だった。

ローエングリンは喉もとに人さし指を当てた。

長い爪を横に引くと、喉はぱっくりと裂け、鮮血が床へと迸《ほとばし》った。

飛び散った血は、真純の愛液と同じように床上にまとまり、直径一メートルほどの血溜まりをつくる。

SMGの第二撃が床を砕きつつ近づいてきた瞬間、彼はその円の中心へと身を躍《おど》らせた。

血溜まりはその頭を呑み込んだ。ぶつかる音もなく、肩、腰、腿と呑み込み、爪先《つまさき》まで沈んだ。

三射目は血とコンクリ片を吹き飛ばした。

「逃げたか」

無念極《きわ》まる呻きを放って、襲撃者は銃口を振った。

足を引きずって逃げようとする生き残りたちが、次々に倒れていく。凄まじい憎悪の殺射《さつしや》であった。

動く影がなくなっても、銃撃を止めず、撃針が後退位置で停止してから、眼出し帽はようやくSMGを下ろした。

「仲間か？」

全裸の真純に向けた眼は、なおも殺意に鈍《にぶ》く光っている。

「とんでもない」

真純は眼出し帽をにらみつけながら、かたわらに倒れた影——黒ずくめの男の上衣を剝《は》ぎ取って、素早く着込んだ。

「ひと目でわかったでしょ。あいつらに殺される寸前だったの。お陰で助かりました」

眼出し帽は、少しの間、眼と眼を合わせていたが、急にうなずいた。

「勝手に逃げろ。おれはあいつを――ローエングリンを追う」

真純は眉を寄せて、

「あなた――どなた？」

眼出し帽の中の瞳には涙が滲《にじ》んでいた。

「与佐野ってもんだ。こいつらに女房と娘を殺された。これは仇討《あだう》ちさ」

3

このおっさん、勘違いしてる、と真純はたちまち見抜いた。

与佐野の家を襲ったのは、ローエングリンの一派ではなく、〈矢来町〉スラムで遭遇した暴走族「飛び加藤」である。

与佐野がどこで勘違いをしたのか知らないが、お陰で真純が生命拾いしたのは間違いない。

「ここはどこですか？」

「知らんのか、ローエングリン一派のアジトのひとつだ。〈落合《おちあい》〉の廃墟《はいきょ》だよ」

「知らなかった。どうして、ここを？」

「昏木《くらき》って情報屋に聞いたのさ。おれの家を襲ったのがこいつらだってこともな」

どちらかといえば平凡な中年男の顔が、怒りに歪んだ。歯がきしむ。ＳＭＧを握った両手で、与佐野は自分を抱きしめた。激しい震えが起こったのである。原因は明らかだ。平凡な男が大量殺人を犯した精神的反動である。あの虐殺ぶりと、汗ばんだ顔と顔色からして、精神昂揚《こうよう》剤を使ったのだろうが、やはり行為の跡を眼の前にすると、人間の精神は薬の効果を超えてバランスを崩さざるを得ない。

――いい加減な情報屋を選んだことと溜息《ためいき》を吐《つ》きたくなるのをこらえて、真純は与佐野の心臓部に右手を当ててから、軽く圧《お》した。

汗まみれの顔が、驚きの表情をつくった。

「震えが止まった。汗もだ。君も魔法使いか？」

殺気の光が点《とも》りはじめた眼に、真純は笑いを返しながら、首を横に振った。

「『区民講座』で救命処置を習ったんです。はじめて役に立ったわ」

講座の件は本当だから、与佐野は納得した。

「とにかく、おれはローエングリンを捜す。君は出て行きたまえ」

「あいつは魔法使いよ、その気になったらそう簡単には見つからないわ」

「いやに詳しいな――君は何者だい？」

「〈区役所〉に勤めてるんです。マッド――円《まど》真純っていいます」

「そうか。とにかく――」

次の言葉を口にする前に、ある音が中年の殺人者を硬直させた。パトカーのサイレンだ。近づいてくる。

「これには消音器《マフラー》が付いてる。外へ聞こえるはずはない。しかも、ここは廃墟だ。滅多な人間は近づかん」

「ローエングリンかも知れません」

「まさか――自分の仲間を売るのか？」

「それはあなたが皆殺しにしました」

真純の指摘は、与佐野に苦笑いをつくらせた。

「裏から逃げよう。君はどうする？　おれのことを黙っていてくれると助かる」

「一緒に行きます」

「いいのか？」

「こいつら死んでも当然の連中だわ。身元不明で、〈区〉の無縁墓地へでも葬られればいいんです」

真純は与佐野の手を取って、奥のドアの方へ走りだした。途中で衣類を取り戻すのも忘れない。

ドアの手前で気がついた。

「なーによ、あんた、全然役に立たないんじゃないの」

ベッドから起き上がった全裸の娘は、膝立《ひざだ》ちで手を動かしている天然パーマの男に、軽蔑《けいべつ》しきった声を投げつけた。

彼から事務所へ電話がかかってきたときに、こうなるのは全員予想がついていたが、ホテルの一室で裸になれば、多少は期待もする。自分のボディに自信があるだけに、指一本触れられなかった娘のプライドは、きつい言葉をためらわなかった。

男は返事をしなかった。固く眼を閉じ、上気した顔を宙に向けて、右手を動かしている。

「あン」

女みたいな声を上げて、手の速射を促《うなが》す。

女がうんざり顔をこしらえた。

「ねえ、見て、見て、見てて」

「真《ま》っ平《ぴら》よ。アホくさ。オカマの手コキ見て、何が楽しいのよ」

さっさとバス・ルームへ向かう娘の背に、

「いっ、いく、いくう」

孤独な歓喜が勢いよく弾けた。

シャワーを浴びて出てきた娘が、

「ねえ、ちょうだい」

と片手を差し出すと、下半身剝き出しで、

「結構、凄い？」

褒《ほ》め言葉を期待している。自信満々のようだ。

「ええ、ご立派よ」

女が情け容赦なく上下させる手の平に、天然パーマが枕の下から何か摑んで放った。

美しい布の塊——としか見えないのに、ずっしりとした重さが女の顔をしかめさせた。

両手でそれを広げた女が、今度は眼の玉を飛び出させた。

「何よ、このパンティ——宝石付きじゃあないの」

「そうよ。凄いでしょ。本物のダイヤにルビーにサファイア——ざっと一億は下らないってさ」

「あんた、どうしてこんなもの持ってんの？　そうか、オカマだから自分ではくんだ」

「うん」

と天然パーマはうなずいた。どの仕草ひとつ取っても、なよなよくねくねと女っぽい。そのくせ、膝から下は異様に剛《かた》い毛が密集して、女の肌が触れようものなら、すり傷くらい簡単につきそうだ。

女は瞳にダイヤとルビーのかがやきを映しながら、

「ね、これくれるの？」

「残念でした。見せるだけ」

「はかないいんなら、いいじゃない。あたしにちょうだいよ」

「一億円だよ」

「はーい。言ってみただけよ」

気色《けしき》ばんだオカマへ、女はそっぽを向いてから舌を出して、

「何よ、オナニー野郎がケチケチして」

とは言ったものの、そのオナニー野郎のパンティから眼を離すことはできなかった。

ベッドの端に腰を下ろして、人並みの品を撫で廻している天然パーマへ、

「これさあ、どうすんの？」

「さあ、どうしようかな」

「いい売りさばきルート知ってるわよ」

「やだよ。冗談じゃない。他人に売るために貰《もら》ったんじゃないわよ」

「えー、貰った？　気前いいのねえ」

「そりゃそうよ。あたしにぞっこんだったたんだもの」

話しぶりだけだと、女が二人としか思えない。

「じゃあ、どうすんのよ？　宝石だけでも凄い値打ちもンだわ。一億やそこらじゃ済まないわよ。ねえ、当てがないんなら、あたしにまかせてみない？」

「うーん、駄目」

大人しそうな否定だが、声には強靭《きょうじん》なものがあ

る。

「あっ、そ」

女は怒りを隠して、全裸の男に宝石付き布地を投げ返した。

「お金」

天然パーマがベッドから下り、クローゼットの方へ行くのを、忌々《いまいま》しげに眺めた。吊るしたジャケットの内ポケットから財布を取り出すのを見て、侮蔑の表情を浮かべた。

「じゃね」

手にした万札をこれ見よがしに振ってから出ていった。

ドアが閉まると、天然パーマはベッドへ戻った。置きっぱなしのパンティを手に取った瞬間、

「あーっ!?」

驚きの表情は後からついてきた。

「ざまあみろ」

〈歌舞伎町〉の中心へと向かいながら、女は、ラブホテル街の一室で、さぞや泡を食っているであろう天然パーマの顔を想像して、にやにや笑った。

「こんなお金になる品、オカマなんかにゃもったいないよ。あたしが十倍の値で売りつけてあげる。あんなセコい事務所ともバイバイよ」

どれほどの札束を夢見たのか、女はぶら下げていた黄色いハンドバッグを空中高く放り上げた。

まさか、それが黄色い風となって、さらに高く舞い上がるとは!?

「あーっ!?」

と叫んだ声が、少し前にオカマが上げた叫びと呼応しているとは知らず、女はジャンプして摑み取ろうとしたが、ハンドバッグはみるみる小さな黄点になって、建ち並ぶビル街のどこかへ吸い込まれてしまった。

「畜生――〝ビル釣り〟のトオルだね。待ってな。おまえの好きなようにはさせないよ」

女はハンドバッグに手を伸ばして携帯を取り出そうとして、地団駄を踏んだ。

通りの向こうから、ラブホテル街へと向かうらしい若いカップルがやって来た。

「まあ、昼間っからとんでもない。ちょっと、あんた——」

呼びかけられ、ぎょっと立ち止まったカップルの男の方へ、女は猛スピードで駆け寄っていった。


「どうだい、凄《すげ》えだろ?」

鳥打ち帽を被った若い男は、狭苦しい六畳間のベッドの上で、獲りたての獲物を広げてみせた。

「やだ。これ——本物? だったら凄い値打ちもンよ」

くりくりした眼を丸くして応じたのは、これも同じ、一六、七の娘だが、少々奇抜なスタイルだ。

若者が広げたパンティと宝石が、その胸もとに揺れている。

ブラの代わりに丸い鏡がついているのである。その下——パンティの部分にもだ。以前、貝殻《かいがら》ビキニのタレントが話題になったが、これはもっと奇抜で、考えようによってはずっといやらしく、しかも遥かに歩きにくそうだ。

「今日は食いつきが悪いなと思ってたんだが、このハンドバッグの色が妙に気になってな。一発引っ掛けてみたら大当たりだ。おまえ、さばくルート知ってるか?」

「あたしは全然」

娘は片手を振った。顔つきも子供っぽいだけに、可愛《かわい》らしいとさえいえる動作であった。

「でも、タローかマアくんなら、そういう連中と付き合いがあるかな」

若者が血相を変えて、

「おい、タローとマアくんって誰だよ?」

「え?」

「おまえ、付き合ってるのは、おれひとりだって言ったろ？」

「あ」

娘は宙に眼を泳がせて、

「あ、ああ。昔の知り合い――って友だちよ」

「本当《ほんと》かよ？」

疑惑の眼差《まなざ》しから娘は眼を逸らして、

「やだ、トオルくん、ミコちゃんの言うこと信用できないのお？」

イヤイヤをした。

「そ、そんなことはねえよ。信じてる、信じてるよ」

「ウッソー。今、疑い深そうな顔したもン。ミコちゃん泣いちゃうから」

本当《まじ》なのか演技なのか、たちまち両眼から涙が溢《あふ》れ出し、娘はしくしくやりはじめた。

若者はあわててその肩を摑んで、

「ごめん、悪かった。この世で一番ミコを信じてるよ」

「一番？　二番目もいるの？」

「いや、ミコだけだ。ホント」

「ホントに？」

「ホント」

「――なら、泣きやむね」

娘――ミコはにっこり笑った。若者――トオルの顔が三つ、その身体の上で笑い返し、

「おいで」

両手を広げた。

その中へミコが飛び込もうとしたとき、ドアの方で何かが爆発するような音が鳴った。

二人が顔を見合わせたとき、複数の足音がキッチンを横切り、ごつい男たちに化けて、開けっぱなしの戸口から侵入してきた。

第八章　天使《エンジエル》と釣師

1

「何だい、あんたたち？」

トオルは鳥打ち帽の下で眉《まゆ》を寄せた。不思議なことに、驚いてはいるが、怯《おび》えた風はない。娘も同じだ。

男たちもそうと察したらしく、凶暴そうな顔を見合わせたが、たちまち本格的な狂気を全身に漲《みなぎ》らせて、

「『歌舞伎町エンジェル』よ」

先頭のひとりが凄んだ。

男たちが眼を剝《む》いたことに、若者ふたりは一斉《いっせい》に噴《ふ》き出したのである。

それから、爆笑した。腹を抱えて笑った。結果として、男たちは激怒した。

「てめえら――何がおかしい⁉」

「何がおかしいって、これがおかしくなくて、何がおかしいんだ、なあ、ミコちゃん？」

これだけ言うのに、息を切らせ、身悶《みもだ》えしている。娘も痙攣《けいれん》しながら、

「そうよ、ぷっ、『歌舞伎町エンジェル』？ どこにエンジェルがいンのよ？ 超人ハルクが集まったみたいな顔して。大体ね、あんたたちに誰も私設の用心棒なんて頼んでやしないんだからね」

「う、うるせえ！」

男たちが血相を変えた。痛いところを衝《つ》かれたのである。

「てめえこそ、釣竿《つりざお》一本で通行人の荷物をかっぱらう『釣師』のくせしやがって――こっちはちゃんと依頼を受けてるんだ。おい、そのパンティとハンドバッグを大人しく返しやがれ。でねえと、二人まとめてこのマンションの屋上から叩《たた》き落とすぞ」

この脅《おど》し文句が終わるまでに、若い二人は何とか正常に戻っていたが、また顔を見合わせて、にやりと笑った。

荒事専門の男たちの背に、冷たいものが走った。

「歌舞伎町エンジェル」とは、日本一危険なこの街に巣食う暴力団が幾《いく》つか集まって考え出した私設のガードマンである。

ガードマンといっても警備や護衛専門ではなく、盗品の奪還や、犯人の逮捕、連行、引き渡しまで請《う》け負《お》う。

ある意味適材適所といえる商売だが、サービスというか、公的アピールとして、非加盟の暴力団員や犯罪者、不審人物等への注意や摘発も行なう。当然、相手によっては暴力沙汰《ざた》に発展し、新たな騒動が勃発《ぼっぱつ》する羽目になるから、〈区〉及び警察としては早急《さっきゅう》に解散するよう構成暴力組織に申し入れている。

しかし、組織のほうは、ちゃんとした依頼を受けていると反論し、路上での殴り合い、射《う》ち合いも辞さないため、〈区〉は警察になるべく彼らを刺激しないよう要請し、目下《もっか》、天使たちは我がもの顔で〈歌舞伎町〉を闊歩《かっぽ》しているのであった。

彼らの跳梁《ちょうりょう》を成り立たせているのは、〈歌舞伎町〉の本性《ほんしょう》もあるが、通行人の依頼も電話一本で受けるという簡便さもあった。

暴力団に絡まれている観光客が、場所さえ告げれば、天使という名の別の暴力団が救援に駆けつけるし、引ったくりやスリぐらいなら、相手の名も顔さえ不明でも、駆けつけるまでに何人か容疑者を連れてくる。毒をもって毒を制すである。

オカマと別れた女の場合、手口も犯人も知悉《ちしつ》していた風だから、このマンションを突き止めるくらい朝飯前であったろう。天使は全員暴力のプロだから、抵抗すれば腕の一本くらいは当たり前のようにへし折られる。小悪党にとっては、警察よりも厄介《やっかい》な存在であった。

それが——この二人の若いのは、少しも怯えていない。

「そうかい。それじゃあ、叩き落としてもらおうか」

トオルがにんまりと、かたわらの釣竿に手を掛けるや、ミコのほうも両胸の鏡をベッドの上掛けで素早く拭《ぬぐ》い、ふらりと立ち上がった。

「この野郎」

先頭の男が前へ出て——前へのめった。何かに足を取られたのである。

起き上がろうとした後頭部へ、鉄製の花瓶《かびん》が飛んできて、男を失神させた。

「てめえ!?」

残る三人が右手を上衣の内側へ入れた。

空気が細く鳴った。

ひとりが鼻のあたりを押さえた。その身体《からだ》が宙に浮いた。いや、凄《すさ》まじい勢いで右方へ飛翔《ひしょう》したのである。釣り上げられた魚のように。そして、コンクリの壁に頭を激突させ、床の上に転がった姿も、魚のようであった。

「けーっけっけっけ」


ベッドのそばで嘲笑するトオルの両手には、一本の釣竿が握られていた。その先から細く白く一本のテグスの糸が倒れた男の方へ伸びている。

軽いひと振りで、彼は糸を手もとへ引き寄せた。男の鼻孔から血がしたたりはじめた。

「釣師」とは、通行人の荷物を引っさらうだけが能ではなかった。釣りでいう〝大物〟のごとく人間さえ釣り上げるのだ。そして、その竿と糸とを操《あやつ》る妙技は、いま頭を砕かれて失神した暴力団員を見ればわかる。

残る二人の片方が右手を振った。

光がトオルを襲った。

「わわっ!?」

間一髪《かんいっぱつ》でしゃがみ込んだ頭上を通り過ぎた光は、彼の背後——壁際で反転し、もう一度襲いかかった。男が放ったのは、半月型の手裏剣《しゅりけん》——折り畳み式のブーメランであった。

光とトオルの間に、しなやかな身体が飛び込んだ。

その身体も切り裂くはずの半月剣は、次の瞬間、真っぷたつに裂けて吹っ飛んだ。

娘——ミコがふり向いた。

SMGくらいもある拳銃——レーザー・ガンをトオルに向けた暴力団員が、その銃口をミコにスイングした。

その顔が歪《ゆが》んだ。

ミコの乳房と股間には都合三枚の鏡が貼りついている。上の二枚には彼の顔が映《うつ》っていた。頭に異様な衝撃を感じながら、男は引金《ひきがね》を引いた。

同時にのけぞった。仰向《あおむ》けに倒れた顔面——鼻の右脇に開いた弾痕は一万度を超す接触温度のせいで、火花を噴き上げている。

レーザー・ビームは精確に命中したのである。鏡に映った男の顔面へ。そして反転し、実体の同じ部分をこれも精確に貫《つらぬ》いたのであった。

理論的に光の一種たるレーザー・ビームを反射させることは可能だ。だが、その鏡面は接触時の超高熱に耐え得る塗装が必要だし、ミコの身に着けた鏡は、どう見ても平凡な市販品である。半月剣が、その鏡面に映った自らを二つに裂いたと、誰が信じられたろう。〈魔界都市〉は、またも奇怪な魔の技を童顔の残る娘にも許諾したのであった。

「まだ、来る?」

ミコが笑った。そのあどけない笑みが、魔性《ましょう》のそれに見えて、半月剣の男はその場に硬直した。

ぴうん。

またも空気を灼《や》いて飛翔したテグスの糸と釣針は、男のこめかみに食い込み、一匹の巨大な魚と化せしめて、かたわらの壁に激突させたのであった。

低い呻《うめ》きが上がる室内で、トオルはリールで糸を巻きながら、

「危《ヤバ》い品、釣ってきちゃったなあ」

とつぶやいた。

「仕様がないよ」

と応じた娘の声のほうが、浮き浮きと愉《たの》しそうであった。

「これだけ宝石が付いてるんだもン。さ、早いとこ逃げよ。こいつらは放っとけば警察か組の奴らが処分してくれる」

惨状を尻目に見せる屈託のない笑みに、トオルの顔から迷いが消えた。

「——そうだな、よし、出よう」

大急ぎで荷物をバッグに詰め込んだ二人がマンションを後にしたのは、五分ほど後であった。


せつらが、ラーメン屋の爺《じい》さんの魔法に気がついたのは、スラムを出てすぐであった。

外谷良子に連絡を取ったが、やはり入院中で留守だと電話のメッセージが告げた。用があるならメフィスト病院へ「高野《たかの》」のメロンを持って見舞いに来いと、えらそうであった。

バスで向かう途中、猛烈な痛みが心臓を襲った。


確かに心臓が冷たくこわばっていく感覚があった。ラーメン屋の爺さんは、石になれと唱《とな》えたのだ。

これはバス停ごとに停まるバスよりタクシーだと判断し、せつらは〈曙橋《あけぼのばし》〉でバスを降りた。

交差点へ向かおうとした瞬間、新しい一撃が心臓へきた。急速に意識が遠のいた。


眼を開いたとき、意外な顔が眼に入った。

「君は——」

「暮羽です」

と一礼した美貌《びぼう》は、当代のアイドル歌手にしてパンティ捜索の依頼人・暮羽トーマに他ならなかった。

「ここは?」

せつらは周囲を見廻《みまわ》した。豪華なダブル・ベッドの上だが、病室にしても寝室にしても、ひどく狭い印象だ。そのくせ、サイド・テーブルも食器棚も内《な》部《か》の品々も、超一流ホテル並みの豪華さだ。

「私の専用トレーラーです。ロケに行くとき、製作プロダクションが用意してくれるのは、随分《ずいぶん》お粗末なので」

せつらもそれは週刊誌や〈新宿TV〉で眼にしたことがある。

売れっ子タレントともなると、狂的なファンやストーカーに昼夜追いかけ廻される上、最悪の場合はナイフや拳銃で襲撃もかけられる。ガードマンが何人いても外にいる間は隙《すき》が出来るし、車で移動するにしても、狙撃や自爆テロまでは防げない。これにトーマが口にした理由も加えて、完全防弾の装甲車並みトレーラーが用意されたのである。

建前は仕事用だから、寝室、ベッドはもとより、長期ロケに備えて、キッチンやバス・ルームも完備された。トーマの車は、これに加えてくつろぎ用のリビングや医師と看護師まで準備した。せつらが一命を取り留めたのは、その医師がいつもの〈区外〉の医師ではなく、〈新宿〉で雇《やと》い入れたベテランだったおかげである。

「何だか、凄い症状なんですね」

トーマは心底不安そうな顔になった。心臓の石化を医師に聞かされたのだろう。

「よくあることです」

とせつらは答えた。顔色はさすがに悪いが、それがいつもの茫《ぼう》とした顔だちに一種の凄みを加えて、凄愴美《せいそうび》ともいえる美貌を形作っている。

「〈新宿〉でロケですか?」

と起き上がりながら訊《き》いた。

「ええ。今度単発ですけど、二時間ドラマの主演をやることになって。戦後すぐの廃墟《はいきょ》のシーンを撮《と》りに」

確かに廃墟の博物館みたいな街である。おそらく、ロケ地からロケ地へ向から途中でせつらを見つけたのだ。

「――失礼します」

しっかりおやりなさいとも、頑張ってとも言わずにベッドから上半身を起こしたせつらに呆《あき》れるより、その身を案じて、トーマは夢中で止めた。

「いけません。絶対安静だそうです。あなたを起こさないよう、〈曙橋〉で止まったままですが、すぐメフィスト病院へお運びします」

「いや。降ります。みっともない」

依頼人に救われるなど、せつらのプライドが許さないのだろう。得した、と思うのが習い性《しょう》のくせに、妙なところで潔癖な男だ。

「今は何とか薬と魔術で抑えてますけど、すぐにぶり返すそうです。すぐメフィスト病院へ行かなくちゃ生命《いのち》に関わります。あと二、三回起きたら危ないそうですよ」

「それならそれで」

「駄目！」

いきなりトーマが抱きついてきた。反射的なものかと思ったが、毛布の上からせつらを押さえつけたその顔は、恍惚《こうこつ》と溶けていた。

2

「私のためにあんなもの捜《さが》してくれているんでしょ。そんな人が死にかけてるのに、何もしないで行かせるなんてできません。まず病院へ行って」

「ひとりで行く」

せつらはにべもなく言った。当代一のアイドル歌手も、彼にとっては依頼人《クライアント》のひとりにしかすぎないのだ。

だが、この依頼人はなかなか手強《てごわ》かった。

「そんなこと仰《お》っしゃるんじゃないかと思って、着てるもの隠しました。裸で出ていくんですか？」

「え？」

これに気がつかなかったとは、大ミスとしか言いようがないが、せつらはようやく、トランクス一枚だということに気がついた。

「返してくれたまえ」

「病院へ行ったらね」

「僕が動けないと困るのは君だ」

急所を衝かれて、トーマは沈黙した。だが、この美少女は、次の瞬間、自分の立場も忘れたとんでもないことを口走ったのである。

「もういいんです。あんなもの出てこなくたって構わない。あなたに無事でいてほしいんです。そっちのほうが万倍も大事」

いつの間にか、天下の人気者をもせつら病患者に変えていたことに、病原菌本人が気づいていたかどうか。

「依頼は取り消せない、どきたまえ」

「嫌です。絶対に離しません。大人しく病院へ行って。このまま行かせてあなたが死んだりしたら、私の責任だわ」

「仕事を片づけなければ僕の責任だ。そんなもの負いたくない」

「駄目駄目駄目」

と頭を振ったとき、いきなりドアが開いた。

「――!?」

トーマは愕然《がくぜん》と飛びのいた。ぎごちない足取りで入ってきたのは、マネージャーの福沢であった。

「何よ――呼んでないわよ、失礼ね！」

と柳眉《りゅうび》を逆立《さかだ》てたものの、どこか抜けているのはせつらの影響か。

「いや、僕も来るつもりなんか――身体が勝手に動いちまったんだ」

二〇〇キロ超に見えるでぶマネは、早速ハンカチを取り出して汗を拭《ふ》いた。二、三歩歩くと噴き出るらしい。

「おかしなこと言わないで。すぐに出てって！」

「そ、そうしたいんだけど、身体が。あれあれあれ」

彼は流れるようにトーマに近づくや、丸太状の腕でがっちりと抱きしめた。抵抗する余裕も与えぬ自然で滑《なめ》らかな動きであった。

「キャーっ⁉　何すんの、この変態。離してよ！」

「いや、その、僕もそうしたいんだけど、この腕が」

大あわてで弁解しながらも、どこか楽しそうなのは当然だ。丸太はトーマの乳房に食い込んでいた。

自分が入ってきたドアの方へ、福沢は後じさりはじめた。トーマも引きずられていく。

「どうなってんの。秋さん、助けて！」

身悶えする娘がドアの外へ出るや、入れ替わりにせつらの衣裳《いしょう》が飛んできた。

すでに放っておいた〝探り糸〟で、隣室のクローゼットに、きちんと掛けてあるのはわかっていた。後はマネージャー同様、糸の力であった。

服を着ける間にも、心臓の石化が進んでいくのは、はっきりと感じられた。今すぐメフィストのところへ行くのが常道だ。だが、身仕度《みじたく》を整えると、せつらは非常ドアを開けてトレーラーを降りた。


仕事中に負傷して医者へ行くところを見送られるなど、我慢できなかったのかも知れない。

タクシーを拾って「高野」の前で降りたのは、きっかり八分後であった。

その場でくずおれたのは、さらにその二〇秒後であった。


「気がついた？」

子供っぽい顔が笑っていた。

よく助けられる日だ、と思いながら、せつらは、

「何とか」

と答えた。眼は周囲の様子を探っている。廃墟——何度も来たことがある場所であった。

「ホテル暮らし？」

と訊いてみた。

「そ。〈京《けい》プラ〉よ」

〈京王プラザホテル〉の意味である。部屋の広さと調度から見てスイートだ。せつらはまたもダブル・

ベッドに寝かされていた。

「コンビニへ買い出しついでに〈駅〉の方まで足延ばしたら、眼の前でいきなりばったり。びっくりしちゃった。他にも気づいた奴がいて、病院へ運びましょなんて言うから、タクシーでここ運んじゃった」

「どうして？」

せつらに訊かれて、娘は真っ赤になって俯《うつむ》いた。おかしな行動だというのは、わかっているらしい。

「あの……お兄さん……すっごく……きれい……だから」

また患者だ。というより信者に近い。

「それはどーも」

礼ひとつも苦しかった。次は危ないかも知れない。病院へ運ばれたほうが正解だったのだ。

「んじゃ、これで」

「えーっ!?」

娘は泣きそうになった。

「やだあ。せっかく連れてきたのにィ。まだ少し一緒にいて」

「仕事中でね」

せつらはベッドから下りた。身体が異常に重い。血が行き渡っていないのだ。

「駄目よ。いま出たら死んじゃう。ね、もう少しいてくれたら、お医者さん呼んであげる」

「もう少し？」

「あ、明日の朝まで」

「もたない」

「じゃじゃじゃじゃああと半日」

「さよなら。ありがとう」

「さ、三時間」

「彼がいるんだろ？　帰ってきたら困るよ」

せつらは、もう男の臭いを嗅《か》ぎ取っている。体臭と、椅子《いす》に置いてある男物のバッグだ。

「大丈夫。お兄さんみたいなハンサムさんなら、トオルだってまいっちゃうわ。もう、あたしが帰るまで待ってるはずだったのにィ。どこ行っちゃったんだろ？　やン、待ってえ」

寝室の戸口へと向かうせつらに叫んだ。彼は足を止めてふり向いた。

「彼が来たよ」

と告げたのは、恩返しのつもりだったかも知れない。すぐに戸口を抜けると、右へ曲がって五〇畳もあるリビングを抜けて、真っすぐ廊下へ出た。

エレベーターは動いていないから、非常階段の方へと向かう。

途中で、ホームレスらしい何人かとすれ違った。〈魔震〉の直撃を食らってから、何次かの復興計画のトップに挙《あ》げられながら、そこに巣食う魔性のせいで、再建ならざるまま現在《いま》に至る〈新宿〉を代表するホテルだが、住まいを持たぬホームレスにとっては、絶好の雨宿りと生活の場所なのであった。

酸性雨と妖物が支配する〈新宿〉の夜に野宿するよりは、危険を承知で逃げ込んだほうが、遥《はる》かにマシなのである。

非常口まであと三、四メートルというところで、リュックを背負った若者が現われた。

サングラスの下の眼が、猜疑心《さいぎしん》の塊《かたまり》をせつらにぶつけてすれ違った。

せつらは黙って階段を下りはじめた。

中程まで下りたとき、上の戸口の方から、男女の言い争う声が降ってきた。

追ってきたミコがトオルと出くわしたのだろう。

構わず、せつらはロビーへ下りた。ここにも数人のホームレスがたむろしていた。ちら、と棘《とげ》のある視線をせつらへ送り、たちまち眼の玉を飛び出させる。

〈新宿駅〉方面への出入口の前まで辿《たど》り着いたとき、七人の男たちが入ってきた。面倒なことになりそうだと予感しつつ、せつらはひとりの腰に妖糸を巻き付けた。

ホテル前の横断歩道を渡りながら、携帯を取り出し、外谷の携帯ナンバーをプッシュする。

意外にも出た。

「あらま、ぶう」

遅いわね、また太ったらどーすんの、と訳のわからない絡み方をしはじめたが、せつらは構わず用件を伝えた。真純と〝飛び加藤〟の行方《ゆくえ》である。

「男のほうは死んだね。真純って子は——与佐野って男と一緒にいるよ。場所はわからない」

とりあえず、真純は無事らしい。珍しくほっとした表情になった。

ついでにパンティの行方も訊いた。これくらいは自力で捜し出すのがルールだが、体調がそれを許しそうにない。

「ほお、いいタイミングだね。最新情報があるよ。〈歌舞伎町〉の故買屋に、それの値段を訊きに来た男がいるってよ。名前はトオル。通称は〝ビル釣り〟さ」

礼を言って、せつらは踵《きびす》を返した。


いきなり押し入ってきた男たちは、これもいきなり、二人に麻酔弾を射《う》ち込んだ。トオルは釣竿を手にする暇《ひま》もなく、ミコは服を着ていた。

「てめえらが奪ったパンティはどうした？」

ひとりが仰向《あおむ》けになったトオルの喉《のど》を踏みつけて訊いた。

「とぼけるな。しゃべるくらいはできるはずだぜ。少うし動くくらいもな」

後ろに控えていた男が、

「おい、そっちの口を割らせる間に、この女を輪姦《まわ》していいかい？　餓鬼のくせに妙に色っぺえ顔してやがる」

「好きにしな」

後ろの男は身悶えするミコを持ち上げると、ベッドの方へ行った。三人ばかりが続く。

ミコはたちまち裸に剝かれた。

「なんだ、この鏡は？　何かのまじないか？　妙に興奮させるじゃねえかよ、姐《ねえ》ちゃん」

武器も使う力も奪われた少女の白い女体《によたい》へ、男がのしかかった。

悲鳴が上がった。

男の口から。

のけぞった彼の上半身は腰のあたりから傾き、鮮血と臓器とともに、ミコのかたわらに小間物屋を広げていた。

何が何だかわからない。

「誰だ⁉」

「出てこい！」

叫んだ男たちの顔が思い思いの方向へ振られた瞬間、最初の男の靴の下でトオルが跳ね上がった。

「うお⁉」

とよろめく男を仲間たちの方へ突き飛ばし、かたわらのリュックを引っ摑むや、窓へとダッシュする。

ガラスは嵌《は》まっていなかった。


「野郎——待て⁉」

最初の男は窓へと行きかけ、足を止めて、男たちのひとりに、

「追いかけろ！」

と命じた。

そいつは窓から飛び出す前に、宙に浮いていた。飛翔術を心得ているのだ。

「この女《あま》あ」

別のひとりが首から下を血まみれにしたミコへ拳銃を向けた。

音もなくその手と首は付け根から離れて床に落ちた。

血の霧に包まれ、狂気のダンスを踊る仲間に、男たちは完全なパニックに陥《おちい》った。怯え方からして、娘の仕業《しわざ》でないのは明らかだ。

「どこにいる？」

「出てきやがれ」

次々に絶叫し、それに合わせて、

「うげえ」

「ぐぐう」

次々に喉を押さえ、虚空《こくう》を掻《か》き毟《むし》って倒れ伏していく。

ひとり——最初の男だけが無傷で残ったが、こいつもいつの間にか身動きひとつできずに直立したまだ。飛翔術を使った男も窓際に倒れている。

訳がわからず、衣類を手に起き上がったミコは、このときも、戸口から現われた美しい夢を見た。

さっき、見果てたはずの夢であった。

秋せつらは片手を上げて挨拶《あいさつ》した。

3

「帰ってきてくれたんだ——お兄さん」

涙が溢《あふ》れた。あどけない顔立ちだが〈新宿〉の暗黒街を生き抜いた娘である。その肝《きも》っ玉《たま》の太さは、マンションでレーザー男を平然と始末したことでわかる。それが、こんな純情娘のような反応を示すとは——せつら病のゆえだ。

せつらは男の方を向いた。他の男たちは死ぬか失神していた。

「誰?」

と訊いた。春の野辺《のべ》を渡るそよ風みたいな声だが、その風が突如《とつじょ》、どんな暴れ方をしたか、男はその眼で確認済みだ。

「てめえ……こそ……何者《なにもン》だ、ぎゃっ!?」

骨まで食い入る地獄の苦痛であった。

「わかった……しゃべる……」

蚊《か》の鳴くような声で、

「おれは……〈魔法街〉の……ローエングリン……の……子分……だ。……金目のパンティを……捜して……た……そしたら……おれたちの……息のかかってる……故買屋……から……チンピラが……パンティの値段を……訊きに……来て……と。……故買屋の……近くにいた……から……追いかけて……きた……」

「トオルの莫迦《ばか》」

ミコが虚《うつ》ろな声で言った。

「さばく先なら、あたしに心当たりがあるって、あんなに言ったのに。自分で仕切りたかったのね」

「何なら、帰ってくるよう説得しようか？」

せつらのひとことは、ミコの全身に希望を漲らせた。

「——できるの？　どうやって？　トオル行っちゃったよ。それに、追っかけられてる」

「行かせたのさ」

「え？」

「トオルには糸を巻いてある。だから行かせた。僕も行く」

ミコは返事もできなかった。何だか途方もないことを聞いたような気がした。この男《ひと》くらい美しいなら、やるだろうと思った。すべては夢なのだが。〈新宿〉の夢なら、どんなことだって起こり得る。

「さよなら」

とせつらはミコの方を向いて言った。

「こいつらはしばらく眠らせておく。何なら始末するけど」

ミコはかぶりを振った。人殺しなど見たくない、というより、美しい夢を汚したくなかったのだ。

「じゃ」

せつらは背を向けて歩きだした。男たちは誰ひとり動かない。

早く出ていかなければならないのはわかりきっていたが、彼が立ち去るまで待たなくてはならないと決めていた。でなければ、永久に引きずってしまう。美しい夢から醒《さ》められない。

ミコは必死でドアの閉じる音を待ち受けた。

真純は与佐野と〈歌舞伎町〉のラブホテルにいた。薬の影響から醒め、殺人に対する興奮状態から狂乱の体《てい》を帯びてきた男を救いたいと思ったのである。

家には警察がいる、と与佐野が言い、ではホテルへという話になった。

鎮静効果がなくなれば、もともと穏《おだ》やかな生活を好む人間性が、殺人の記憶に苛《さいな》まれはじめる。

弾丸を浴びて次々に倒れる若者たちは、顔が半分ちぎれ、脳漿《のうしょう》が飛び散り、身体中の弾痕からは鮮血が噴き出す。眼球をどろりと垂らした若者が虚空を摑み、腹腔《ふっこう》を射ち抜かれた男が、はみ出す腸を夢中で体内に押し込もうとする。

地獄だった。彼の作った地獄だ。彼とともにある地獄だ。

真純といる間、与佐野は助けてくれ、消えてくれと絶叫した。殺害された妻と娘にも助けを求めた。誰も手を差し伸べてくれなかった。天国にも地獄にも、人間《ひと》はひとりで行かねばならないのだ。

真純は魔法の初歩として、睡眠魔法や精神安定術は学んでいたが、長いことかけていれば、必ずよからぬ副作用が生じるし、中止した場合の罪悪感は万倍に膨《ふく》れ上がる。精神の苦悶《くもん》は自分で耐えるか克服するしかないのだ。

それでも、誰かがそばにいれば、孤独な戦いであることも人間《ひと》は忘れられる。それが自分の役目だと真純は心得ていた。

ホテルに入ってからしばらく、ソファで呻吟《しんぎん》する与佐野を見るに忍びず、真純は隣《となり》に座った。

さっきからぶつぶつ――念仏のように唱えていた声が、鮮明に鼓膜を揺すった。

「おれは、絶対、警察へなど行かんぞ。絶対にごめんだ。刑務所になど入るものか。あんな餓鬼ども、ただの殺人者だ。おれは世界のために殺してやったんだ。みんなのためになる仕事だ。表彰されてもいいくらいのものだ」

もう頭にきたかな、と思ったが、興奮はしているが、しゃべり方といい、言葉の選び方といい、至極《しごく》まともである。

真純の方を向いて、

「――君、誰か警察に知り合いはいないか?」

救いを求めるような表情で訊いた。情けない顔であった。

「いないことはないけど、どうするんです?」

「もちろん、この件について話し合いたいんだ。みんなのためだと言って、罪を軽くしてもらうんだ」

「奥さんと娘さんのためじゃなかったんですか?」

「それじゃ、私怨《しえん》の殺人になる。罪が重い。公的利益を鑑《かんが》みうる殺人なら、その意図の大きさを汲《く》んで、罪一等を減じてもらえる。その話をしたいんだ。話のわかる人はいないか? できれば、揉《も》み消してくれるくらいの権力者がいい」

真純は溜息《ためいき》をこらえた。妻と子のために勇気を奮《ふる》い起こし、真純まで救った戦士の勇気は、薬で出来ていたらしかった。

「お元気で」

真純は与佐野の腿《もも》に手を触れた。別れの挨拶のつもりだった。

その手首を掴まれた。

「おれを置いていくつもりか?」

眼を思いきり見開いた汗まみれの顔が近づいてきた。

狂気が躍っている、いや、これが正気なのだ。

「おれだけに罪を押し付けて逃げる気か? おまえも現場にいたんだぞ。おれの行為の正当性を証言する義務がある。逃がしやしないぞ」

だしぬけに胸にきた。指が乳房に食い込んだ。

「ちょっと」

真純は顔をしかめただけで耐えた。そろそろ潮《しお》どきだった。

与佐野は唇を求めてきた。真純が顔を背《そむ》けると、シャツの前を強引に開いた。ボタンが飛んだ。

白いふくらみに粘っこい中年男の唇が吸いついついた。

もう舌を使っている。真純が放っておくと、そのまま唾《つば》を塗りながら乳首まで下りた。

すぐに吸いつくかと思ったが、与佐野は舌先で弄《いら》うほうを選んだ。

「落ち着いてるわね」

舌先で嬲った乳首を含んで、思いきり頬《ほお》をすぼめた瞬間、真純は陰獣と化したその者の首すじに右手を当てて、ある呪文を唱えた。

「あなたには、魔法の安らぎが似合ってるわ。ま、長くは続かないけれど」

立ち上がり、身じまいをする真純の眼の下で、与佐野は誰もが羨《うらや》ましがりそうな安らかな鼾《いびき》をかいていた。

子供のように邪気のない顔であった。

真純は部屋を出て、エレベーターの方へ向かった。

急に止まった。

右手が胸に伸びた。誰かに押されたように指が乳房を鷲摑《わしづか》みにして、激しく揉《も》みしだきはじめた。


その唇から漏《も》れた呻きは、熱く濡れていた。

「少し……早く出てきすぎたかしら……ね。あの小父《おじ》さんでも……相手になったかしら」

荒い呼吸《いき》がとぎれとぎれに漏らした。

「……早く会ってちょうだい……私の恋人《アマン》……早く窒息《ちっそく》するくらい強く、激しく抱きしめてくれないと……誰かとしちゃう、わよ。くそ、ローエングリンめ」

何とかエレベーターの前に辿り着いたとき、反対側の一基が止まって、男を吐き出した。

ひとりだった。

真純は視線を与えた。

向こうも真純を見つめた。興味のなさそうな眼差しであった。

男は真純に近づき、軽々と抱き上げて、廊下を歩きはじめた。ちょうど、〈京王プラザ〉の前で、せつらが踵を返した頃であった。

「あの女《あま》――サタナスに誓って、只《ただ》じゃ済まさんぞ」

凄まじい怨嗟《えんさ》に満ちた声が小さなマンションの屋上に広がって、声の主を乗せたベッドと生命維持装置を囲んだ一〇人近い人影を緊張させた。

彼らはさっき――三〇分ほど前に、ベッドとその主人を、この九階建てのマンションの屋上に運び上げてから、黙々と奇怪な作業に従事していた。

一〇〇坪近い屋上のど真ん中に置かれた手術用ベッドの患者に、数百本のチューブをつないで、そのチューブの反対側の端は、ベッドの左右に配置されたパラボラ・アンテナと発電器《ダイナモ》らしい円筒に接続されていた。

「では」

と、いちばん年かさの老人が、ベッドの方を向いて、

「ローエングリン様、準備は整いました。後は死んでいただくだけでございます」

「わかった」

とんでもない要求に対して、こちらもとんでもない返事をした。落ち着き払っている。

いきなり上体を起こした。

毛布から出た喉は赤いすじがうっすらと走っているだけだし、しゃべり具合からして、舌も無事らしい。毛布の下の股間には包帯と止血帯が注意深くあてがわれていた。中身はない。切断箇所の処置である。これだけは、魔道士といえど、治しにくいらしい。

「死ぬぐらい何でもない。本当に怖いのは、これさ。何の障害もなしで生き返れるのか、だ」

「古文書の内容が確かならんことを」

と老人が胸前で十字を切った。逆の順序で。

「では、見ておけ。このローエングリンの死に様《ざま》をな」

遠くで稲妻《いなずま》が光った。頭上に雲が集まりはじめた。

人々はローエングリンの左手に握られた三〇センチもある大刃のナイフを見、それが胸もとへ上がるのを見た。

次の瞬間、いともあっさりと、ナイフの刃は持ち主の心臓を貫《つらぬ》いて背中から抜けた。

雷鳴。

生命を失った肉体が仰向けに倒れると、老人が近づいて、血まみれのナイフを引き抜いた。

「呼雷装置よし」

「発電器出力最大」

老人はうなずいた。

「よし。では、我らはローエングリン様復活の秘技を目《ま》の当たりにできる幸運に感謝するとしよう」

そして、彼らは全ての行為を終え、最後のひとつ――観察に入った。

第九章　オカマ狂乱

1

ダブル・ベッドの上に投げ出されたのは清冽《せいれつ》な女獣を連想させる若い女だった。失神している。まるであの最中のような赤らんだ顔が異常だった。

部屋にいた若い男が、ごくりと喉《のど》を鳴らしたほど豊かで官能的な肢体を運んできた、これも若い男が、

「いきなり、ドアの向こうから倒れかかってきたんだ。驚いたぜ」

と、低く息を吐いた。

「なんで連れてくるんだよ、こんなときに」

先にいた若者が、凶暴な光を眼に点《とも》した。細面《ほそおもて》の顔には緊張の色が濃い。怯《おび》えているのだった。

「もったいねえだろうが。おれにゃあただの肉玉だが、放《ほ》っときゃ、このホテルの親父《おやじ》か他の客の餌食《えじき》だ。どうだ、味見してえだろ?」

「こんな気分でする気になるかよ」

先にいた若者が、髪の毛を掻《か》き上げてから、

「おまえを呼んだのは、失神した女を連れてこさせるためじゃない。これをさばくためだ」

彼は上衣のポケットからかがやく布地を取り出して、両手で広げて見せた。

後から来た若者が口笛を吹いた。その顔がかがやいた。下着に縫《ぬ》いつけられた宝石は照明を浴びるのを拒否して、自らの力で光を放っているのかも知れなかった。

「こら凄《すげ》え。携帯で聞いたどころの物《ぶつ》じゃねえな。億で売れるぜ」

「そいつはよかった」

先にいた若者は下着を置いて、安堵《あんど》の息を吐いた。

「――で、いつ金になる?」

「金にゃあならねえ」

「何ィ?」

先にいた若者の右手が、ベッドに立てかけてある細長い棒――竿《さお》に伸びた。

銀の糸がしなやかな軌跡《ルート》を描くより早く、後から来た若者の口が、信じられない大きさ《サイズ》に開いた。

轟《とどろ》きはマグナム弾のものであった。竿を手にした若者の顔半分が消滅し、わずかに遅れて身体《からだ》が吹っ飛んだ。

痙攣《けいれん》することも忘れた身体という名の有機体を見下ろしながら、口から硝煙《しょうえん》を吐く若者は、

「すまねえな、トオル」

と無惨《むざん》な表情で詫《わ》びた。

「おれを頼りにしてくれたのはわかるが、おれんとこにゃもう、恋人《ダーリン》から連絡が入ってたのさ」

彼は奇怪なことを成し遂《と》げていたのである。

開いた口から、ぬうと大型《い》リボルバーを握った手が現われた。

若者の顎《あご》には仕掛けが施《ほどこ》されているようであった。濡《ぬ》れ光る腕が肩まで出現すると、次いで天然パーマの頭部が、もう片方の肩が吐き出された。当然のように若者はむせた。体内に潜《ひそ》む別人は、そのたびに姿を露《あら》わにした。

トランクス一枚の男が床に落ちたのは、きっかり二〇秒後のことである。

「ざまあみやがれ」

若者――「釣師」トオルの死体を見下ろして憎々しげに言い放った口調に、どこかそぐわない女っぽい声であった。

彼はふり返って、床にへたり込んだ故買屋の若者を見下ろした。人間ひとり呑《の》み込むという蛮行に、心身ともに磨耗《まもう》し尽くしたのである。

「ご苦労さま。まさか、あたしの恋人のところへ、あたしから盗んだ品をさばけと連絡を入れるなんて、この坊やも運の悪いことね」

「――全くだ。けど、当分寝覚めは悪いぜ」

「んー、そんな哀しそうな顔しないでよ、ダーリン」

天然パーマの殺人者は若者に駆け寄り、その顔にキスの雨を降らせた。

それから、凄《すさ》まじい死体の方を向き直り、ベッドの娘に眼をやった。

「びっくりしたわよ、あんたとこんなところで会うなんてね、ＭＨ《マッド・ハッター》」

この男おんなは、数時間前、ベッドをともにした娼婦《しょうふ》に宝石入りのパンティを盗まれたオカマであった。名前は篠崎という。その女は三〇分としないうちに見つけ、八つ裂きにしたが、死ぬ寸前、「釣師」についての告白も引き出した。

トオルにとっての不幸は、オカマの〝恋人〟が頼りにしていた故買屋だったことだろう。

「魔法使いが、その辺をうろついてちゃいけないのよ、ＭＨ。だから、こんな目に遭《あ》うの。ローエングリン様と対面する前に、あたしが罰を与えてあげるわ」

オカマの銃口がゆっくりとＭＨ――真純の方へ上がった。

「あたしはいつも思ってたのよ、魔法使いって素晴らしい存在の中に、なぜ女みたいな汚らしいものが混じってるのかってね」

リボルバーの銃身が、超一流モデルにもひけを取らない形のいい両足の付け根に潜《もぐ》り込んだ。

「あン」

と真純が熱い声を上げた。ローエングリンが逃亡したとき、彼女の体内に一枚の〝膣舌〟と呼ばれる舌を残した。それは、名前のとおり、真純の体内で蠢《うごめ》き、くねり、その内部を這《は》い廻《まわ》って、彼女を一種の色情狂《ニンフオマニア》に変えてしまいつつあった。

「おかしな声、出すんじゃないわよ」

オカマ――篠崎はなぜかあわてて、

「女のあのときの声って大嫌い。待っといで、いま女でなくしてあげるわよ」

撃鉄《ハンマー》が上がり、輪胴《シリンダー》が六分の一回転する。銃口は真純の股間に食い込んでいた。

最も女らしい女をそうでなくさせる快感か、単なる同類を増やす歓びか、篠崎は舌舐《したなめず》りをした。

そのとき、不意に真純の上体が跳ね上がった。

篠崎は充分に引金《ひきがね》を引く余裕があった。それなのに身動きひとつできなかったのは、体内のものに失神させられた女の肢体に、オカマの自分さえ妖《あや》しく惹《ひ》きつけるものを感じたからに他ならない。

一瞬、棒立ちになったその首に、白い生腕《なまうで》が巻き付いた。

「――!?」

この世で最も汚《けが》らわしい生きものの唇が自分の口をふさいでも、彼は逆《さか》らわなかった。

それは、ローエングリンの妖術の成果というより、真純自身の奔放《ほんぽう》な性が、妖術に触発され――箍《たが》を外されて起こした行動だったに違いない。

宿敵ともいうべきオカマをベッドに引き倒すや、真純は上になった。

「ちょっと――あんた殺すわよ!」

恫喝《どうかつ》が短い喘《あえ》ぎに変わったのは、真純の手が彼の股間に触れたからである。あまつさえ、それはゆっくりと、男と女の行為の中で、最も淫《みだ》らな動きを取りはじめた。

「あン、こら、何すんの? あたしを誰だと思ってるの? 篠崎マコトといえば、故郷の港町じゃ、ちょっとは有名な名前なんだからね。こら、ジッパー下ろすんじゃないわよ。ちょっと、摑《つか》むのやめて――きゃっ、何よ、この女――あたしのオカマ歴は年季《ねんき》が入ってるの。生まれたときからなんだからね。童貞を失《な》くしたのは中学のとき、家へ泊まったお客さんと。『天金《てんきん》』て言やあ、その町でいちばん大きな割烹《かっぽう》旅館の老舗《しにせ》だったのよ。お客さんとした部屋だって、五〇畳もあったんだからね。あーっ!?」

へたり込んでいた若者が立ち上がって、二人を眺め、さっきとは別人のようなかん高い叫びを上げた。

「裏切り者、なに舐《な》めさせてるのよ⁉　こんな女にィ⁉」

真純に飛びかかるや、若者はその首に手刀を叩《たた》きつけた。形といいタイミングといい、相当な修練を積んだ一撃であった。

呆気《あっけ》なく倒れた真純の下から起き上がった篠崎の顔は、あの最中のように紅《べに》を散らしていた。

「畜生《ちくしょう》、この女——ぶっ殺してやる」

拳《こぶし》を振り上げた若者へ、

「よしなさい」

篠崎がリボルバーを向けた。

若者は動揺した。

「何するんだ？　この女は——浮気者」

「舌の使い方が絶妙なのよ。悪いけど乗り換えるわ。微妙な差なんだけどさ」

「女なんかのどこがいいんだ、この両刀使い、裏切り者」

「うるさいわね。負け犬はあっち行きなさいよ」

「畜生」

躍《おど》りかかった若者の鳩尾《みぞおち》に小さな穴が開くや、背中から途方もない量の血と内臓が噴出して、後方の壁と冷蔵庫に飛び散った。

「お馬鹿さん」

硝煙を吹き散らしながら、篠崎は即死したかつての恋人へ、慈《いつく》しむようにささやいた。

「恋は気まぐれっていってね。実はあんたで九人目よ」

こう言って、篠崎はぶるっと身を震わせた。

「何か嫌《や》な予感がするわ。早いとこ引き上げましょ」

失神した真純に催眠術をかけて歩かせ、篠崎がそそくさとラブホテルを出るまで、それから五分と経《た》っていなかった。

「お腹が空《す》いたわ」

ラブホテルを出て、篠崎は近くの韓国料理屋へ入った。

六分《ぶ》の入りだ。

女店員は店の真ん中にある席を勧めた。

そっちへ行きかけて、お客は急に向きを変え、奥の隅《すみ》へと向かった。

「ヘンなの」

とつぶやいて、水とメニューを置きに行くと、男のほうは顔つきからしてオカマ、女は麻薬でも服《の》まされているのか、虚《うつ》ろな眼を宙の一点に据《す》えている。

篠崎には訳がわからなかった。

どうしてこの席に着いたのか？　身体が動いたのだ。それも無理矢理ではなく、ごく自然に。ただ、彼の意思とは無関係に。

真純の魔法かと思ったが、当人が人形状態にあるのは明らかだった。

「やあ」

右隣《どなり》から声がかかった。


先客がいるのはわかっていたが、なぜか顔は見なかった。

篠崎の全身は凍りついた。

めまいを覚えるほどの美しい声。ふたりだけ聞いたことがある。

ひとりは病院の院長だった。

もうひとりは——

そちらを見ようとしたが、首は動かなかった。

「あ、あんた……」

「お先に」

と答えたのは、秋せつらに違いない。手元に水のグラスしかないところを見ると、入店はわずかの差だったらしい。

「……いつ……どうやって……ここへ？」

「糸」

せつらの返事は、のんびりしているとしか思えない。だが、その声の主が何をやらかすか。眼にした者が、戦慄《せんりつ》とともに口をつぐむところだ。

「……い……糸って？」

「ラブホに四人いたよね。うち動けるのは三人。最初に入ったひとりに巻き付けておいた」

「………」

「じきにあのホテルというところで、生体反応が消えた。で、そばにいた二人の片方に巻き付けたら、これも同じ目に遭った。後はひとりしかいない」

「お、おれに？」

「ボクって言うほうが合ってるよ」

「そうか。それで尾《つ》けてきたのか」

「いや、先廻り」

「よく、ここの店へ入るとわかったな」

「お腹の空く時間だ。君はどこでもよかったんだろう」

「どこでも？——おい、この店へもおまえが入れたってのか？」

「反抗しなかったよね」

そうだ。篠崎は戦慄に身を冷たくしながら納得した。

おれは、この美しい人捜《さが》し屋に、糸一本で操《あやつ》られていたのか。〈高田馬場・魔法街〉の住人ともあろうものが。

「あのお」

2

電子オーダー器を手に、女店員が戻ってきた。

「僕を見ないで」

せつらが言った。

「あ、はい」

この返事で遅かったことを知った。

もうとろけている。

「真正面から見た？」

「い、いいえ。ちょっと横から」

「なら大丈夫だね」

「はい」

並みのハンサム程度だと、嫌味ったらしいだけの会話だが、せつらがやると、医者と患者のやりとりだ。せつら病患者の。

「僕は冷麵《れいめん》」

「はい」

「おれは、ビビンバと上ロースと上ミノ、一人前ずつ。あとキムチ」

「はい」

「で——パンティは？」

とせつらが訊《き》いた。女店員の眼が点になった。真純は宙を見つめている。

「…………」

骨まで食い入る痛みが、オカマの全身を硬直させた。

「声が出ないか」

せつらは首を傾《かし》げた。

途端に、篠崎は全身の力を抜いた。

「パンティは？」

「その……おれが……」

篠崎は口ごもった。

「はいてる？」

うなずいた。

せつらは眼だけ宙を泳がせた。

「割烹旅館の旦那《だんな》で一生を終わらせるつもりはなかったのか？」

「肩をすくめたいぜ」

「男っぽいのは似合わないよ」

「似合ってりゃ、故郷にいるよ」

篠崎は溜息《ためいき》を吐《つ》いた。

「で？」

とせつら。

「脱ぐわよ。トイレ行かせて」

「あのお」

と女店員がおずおずと切り出した。

「脱ぐって、あれですか？」

「そ」

「この人、はいてるんですか？」

「おかしいかよ」

と篠崎が凄んだ。

「いえ。お似合いだわ」

「なんだとお」

「いえ、似合ってません。男らしい方」

それで満足したのか、篠崎は立ち上がった。

ふらふらとトイレへ向かうのを見届け、

「料理をよろしく」

とせつらは女店員を促《うなが》した。

彼女が背を向けるとすぐ、彼は真純を見つめた。

春風に抱かれて雲ある蒼天《そうてん》を仰《あお》ぐがごとき美貌《びぼう》を、奇蹟のような感情が渡った。

哀しみ、
のようなもの。
だから家、
の外はいつも雨。

小児《こども》、
が転んで泣いた。
通りには誰、
もいない。
家の窓、
は閉じたきり。
哀しみ、
のようなもの。

「あのお」

また女店員だった。

「何か？」

「写メ撮《と》らせてもらえませんか？」

もう右手に携帯のレンズが震えている。

「いいけど——どうして？」

「そちら、トイレへ行った方のお連れらしいですけど、あなたにぴったりだと思うんです。すぐ、プリントできます。あの、プレゼントさせてください、お二人に」

せつらが何か言う前に、四方から拍手と声が上がった。店の客たちだった。

「お似合いだよ」

「イケる、イケる」

「いい男にいい女――よ、日本一」

残らず歓声であった。

女店員は奥へ入って、じき一枚のプリントを手に戻った。

鮮明な画像の中で、二人が肩を並べている。

「よく撮れてるわ」

手渡されたそれをじっと見つめて、せつらは、固いな、と言った。

「そうですねえ――麻薬《クスリ》やってます？　それとも妖術？」

女店員も〈新宿〉の住人であった。日常会話なのである。

せつらは答えず、今度は真純の顔を見つめていたが、

「その携帯、貸してくれませんか？」

と女店員に申し入れた。

「最新型でしたよね？」

「ええ」

受け取ってから、せつらはしばらくいじくり廻していたが、

「これ、もう一枚プリントしてください」

と返した。

また奥へ行き、戻ってきた女店員は、夢でも見ているような表情で眺め眺め、プリントを手渡した。

「この人、羨《うらや》ましいわ。私にも一枚欲しいくらいです」

せつらはそれを真純のブラウスの胸ポケットに入れた。

そのとき、店の前からバイクのエンジン音が鳴り響いた。

一台ではない。数十台が一斉《いっせい》に吹かした爆音であ

る。店が揺れた。

「やだ、何よ？」

　女店員も客たちも眉《まゆ》をひそめた。何人かは上衣の内側やハンドバッグに手を差し込んでいる。武器を携帯しているのだ。

　レザーのつなぎとヘルメットにゴーグルという典型的な暴走族スタイルが入ってきた。

　店内を見廻し、

「いやがった」

　と吐き捨てたのは、せつらと真純へ眼をやったときである。全身から憎悪が噴《ふ》き上がった。

「覚えてるか、てめえら。おれたちゃ、『飛び加藤』のメンバーだ。〈矢来町〉じゃ世話になったな。ようやく見つけたぜ」

　どうやら、生き残りがいたらしい。或《ある》いは、瀕死《ひんし》の連中が、あのとき不在のメンバーに、連絡でも取ったものか。

「礼なんていいよ」

　せつらはのんびりと返した。

「ふざけるな――てめえら、店ごとぶっつぶしてやる。待ってやがれ」

　暴走族は身を翻《ひるがえ》した。

　客たちが料金をテーブルに置いて、次々に出ていく。

「行こう」

　せつらも立ち上がった。糸を巻かれた真純も後に続く。

　そこへ、篠崎がトイレから戻ってきた。右手にきらびやかな布を摑んでいる。

　次の瞬間、凄まじい爆音が飛び込んできた。

　ガラス戸が砕け散り、その破片も床に落ちる途中で粉末状に変わる。

　天井と壁が呆気なく歪《ゆが》んだ。そして、音は急速に退《ひ》いていく。

　超音波攻撃であった。「飛び加藤」は、その爆音自体を恐るべき武器と変える仕掛けを、各々《おのおの》のバイクに施《ほどこ》していたのである。

天井が崩れてきた。

全身の分子が震動する感覚に耐えつつ、せつらは糸をふるった。

敵は美しい人捜し屋の持つ無限長の武器には無知だったようだ。凄まじい苦鳴が巻き起こり、震動が熄《や》んだ。

壁が裂けた。鮮やかな斬痕に、女店員が眼を丸くした。

その頭上に天井が落下してきた。

下敷になる寸前、女店員の身体はすくい取られたみたいにせつらの方へと移動し、店はもうもうたる埃《ほこり》を四界へ撒《ま》き散らしながら崩壊した。

かろうじて脱出した客のひとりは、店の崩壊よりも前の通路に繰《く》り広げられた、凄惨など遥《はる》かに超えた光景に魂《たましい》を奪われた。

改造バイクごと四散したライダーたちの生首や胴や手足が、タール状の血に染まり、その彼方《かなた》をひとつの人影が猛スピードで走り去っていくのであった。

真純が眼を醒《さ》ましたのは、メフィスト病院のベッドの上であった。

そばにせつらがいた。

「あたし……篠崎の術にかかって……」

「もう解けた」

せつらは茫洋《ぼうよう》としているが、抑揚《よくよう》のない口調で言った。

「右肩を痛めてる。しばらく、ここで休んでいて」

真純は右肩を廻して、

「痛くないわ」

と言った。

「院長が治してくれた。休んでなさい」

「あなたはどうするの？」

「仕事が残っている」

真純にはわからなかったが、改造バイクの超音波は、トイレから出てきたばかりの篠崎に巻いた妖糸も切断してしまったのである。店が崩壊する寸前にオカマは逃亡した。パンティはその手の中にあった。

「奴はローエングリンのところへ戻るしかない。追いかけるよ」

「あたしも——行くわ」

「寝ていたまえ」

「やです。相手は禁断の術を心得てる魔法使いよ。それに、何だか嫌な予感がするの」

「へえ、どんな？」

「逃げるとき、彼、重傷を負ったわ。生命《いのち》に別状はないと思うけど、魔法使い生命《せいめい》に関わるくらいの傷よ。放っとくはずがないわ」

「治療した、とか？」

「あれは魔法治療を施しても治らないわ。ローエングリンは、一生平凡な魔法使いで終わるか——」

真純は口をつぐんだ。浮かんだ考えが怖かったのである。

「——終わるか？」

せつらの問いにも無言でいた。

「——じゃ」

「待って——あたしも」

上掛けを撥ね飛ばして立ち上がろうとしたとき、ノックの音がした。

「はい」

と応じたのはせつらだった。

真純はその場で凍りついた。せつらを見慣れていなかったら、気を失っていたかも知れない。

まさにかがやく月輪のような美貌が入ってきた。メフィストである。

「後はよろしく」

せつらはそのかたわらをすり抜けて、消えた。

「——あの、あたしも」

「いかんね」

と白い医師は、男の患者に対するよりは、彼以外にはわからないくらい冷たく告げた。

「君には安静が必要だ。秋くんにもそう依頼されている。三日分の治療費も支払い済みだ」

「――そんな、私、患者です。それが大丈夫だって」

「患者の言葉でいちばん多いのは『あのとき、来ていれば』と『あのとき、言われたとおりにしていれば』だ」

「でも、私は大丈夫なんです」

「それでは医師としての役目が務まらん。秋くんなら心配はいらんよ」

「相手は魔法使いなんです。それも、ひょっとしたら――」

「ひょっとしたら?」

「――いったん死んで、甦《よみがえ》った男かもしれません」

3

メフィストの眼が異様な光を帯びた。死から甦る――それこそ、〈魔界医師〉と呼ばれる男が唯一成し得なかった技なのだ。

「そんな輩《やから》を相手にか――あの身体で」

真純の表情が変わった。

「あの身体って――せつ――秋さんに何か?」

「心臓に石化の術がかけられている」

「石化? 誰に?」

「ラーメン屋の主人だそうだ」

「――やっぱり。治せないんですか、ドクター?」

「二日かかると言った。かなり強力な魔力なのでな。そうしたら、治療を断わられた」

「行ってしまいました」

真純はつぶやいた。

「ああ見えて、仕事の鬼でな。しかし、今度は

「……」
そのかたわらで、真純が行動を開始した。

夜が更けるにつれて、〈魔法街〉の異変は具体的な形を取りはじめた。

たび重なる地鳴りに稲妻《いなずま》が加わり、街の上空では夜鷹《よたか》が狂ったように鳴き交《か》わした。

古風な竈《かまど》からは炎が逆流した上、貴重な薬を納めた瓶《びん》も次々に砕け、アルコール漬《づ》けの異常臓器から手足が生《は》えだして、外へ出ようと企《くわだ》てた。

午後七時に開かれた長老会議はわずか三〇秒で、四五〇〇年以上前の聖ジュゲ生誕祭の日に同じ現象が起きたことを告げ、この現象の主体を、

「甦った死者」

と位置づけた。

それは彼ら魔法使いたちにとって栄光の瞬間ではあったが、同時に世界からの迫害と糾弾を覚悟せよとの恐怖の刻《とき》でもあった。不死を望みながら、その達成を誰よりも喜ばないのは、世間だったからである。

まず、その主体を捜せという声が上がったが、これはうまくいかなかった。彼らの探査術はことごとく失敗に終わったのである。甦ったものは、生前の自分と魔法使いたちとを、遥《はる》かに凌駕《りょうが》する魔力を身につけているに違いなかった。

「手の打ちようがありませんな」

長老の一人は天球儀に眼を注いでいた。

「いや、待て。南の方角から、誰かがやって来る。おお、このかがやきは——ひょっとしたら、甦ったものさえ討てるかも知れん」

こう言い放ったのは、奇石占いの長老であった。

「早まるな」

と流水占いの長老が制して、

「確かに勇者の水は、凄まじい速さで〈魔法街〉に流れ込んでくるじゃろう。しかし、甦ったものに及ぶかどうか」

「我らがサポートすればよろしかろう」

と最長老が言った。

「そのための戦士は、偉大なるマーリンの手によって、その者自身も知らぬうちに選別され、すでに戦いに専心しておる。MH――羽井《はねい》真純がの」


午後九時。

長老たちの魔力も及ばぬ力に守られた一角で、五〇〇歳を越えるといわれる奇怪な老人が、血相を変えて叫んだ。

「ローエングリン様はどこへ行かれた⁉ 今のあの方は、まだ新たな生に順応しておられぬ。生ける核爆弾だ。爆発すれば、この星ごとき造作《ぞうさ》もなく蒸発させてしまうだろう。捜せ、あの人捜し屋と休戦条約を結んでもいい、捜せ！」


午後九時三〇分、〈新宿警察〉へ、一〈区民〉から意味不明の電話が入った。

明らかに狂気に苛《さいな》まれていると思《おぼ》しい口調で、支離滅裂《しりめつれつ》な内容を口走りながら、言及することはひとつ――〈大久保〉が消えた、であった。

この電話を受けている最中に、続々と同様の内容を伝える連絡が入りはじめ、パトカーは〝現場〟へ急行した。

警官たちが見たものは、〈大久保〉のほぼど真ん中に出現した直径三〇〇メートルほどの巨大な穴であり、その上に存在した住宅や〈区民〉やその生活の消失現場であった。

当然検出されるはずの熱や破壊痕はかけらもなく、深さ一〇〇〇メートルに及ぶ穴は、ひっそりと冷たく、太古から存在したかのように口を開けていた。

〈新宿警察〉では、ただちに魔法による現象と判断、〈高田馬場・魔法街〉の責任者に協力を依頼すると同時に、一〇〇〇名近い機動警官と、〈戸山町〉の住人、及び非常勤の超能力者等を動員し、犯人逮捕に乗り出した。

午後九時四五分。

〈新宿駅〉に近い喫茶店で、秋せつらはチョコレート・パフェを平らげたところであった。

実のところ、彼はローエングリンを攻めあぐねていたのである。一派の隠れ家は外谷から聞いて承知している。ところが、妖糸を放っても反応がまるでない。切られたのかも、溶かされたのかも見当がつかない。

これはうかつに近づけない、と判断して、とりあえず喫茶店で作戦を立て直すことにしたのである。それが一五分くらい前あたりから、パトカーと消防車、救急車のサイレンが大挙して叫びまくり、うるさいことおびただしい。

名案が浮かばず、サングラスを外した途端、周りの客たちが、ばたばたと椅子《いす》の背にもたれはじめたので、しまったと掛け直したとき、骨の芯《しん》まで凍りつくような冷気が、出入口の方から吹きつけてきた。

みるみる客たちが正気に戻ってざわめき、せつらの後を追って扉の方へ眼をやる。

木乃伊《ミイラ》が立っていた。

首から下は紺のベストと長衣《ガウン》という服装《いでたち》だが、露出部分は顔も手も足も白い包帯で覆《おお》われている。首と右手首のあたりから、端のほうが流れ出しているのが不気味だった。

騒ぎはすぐに収まった。異形《いぎょう》に怯えているきりでは、この街にいられない。悲鳴やざわめきは〈区外〉の観光客のものである。

木乃伊は扉を背に店内を一望し、ゆっくりと歩きだした。

足を止めたのは、せつらのボックスであった。

見つめている。どう見ても見えるはずのない眼が、せつらを凝視《ぎょうし》している。

「ローエングリン？」

とせつらのほうから訊《き》いた。

木乃伊はうなずいた。

「あのサイレンもおまえの仕業《しわざ》だな」

「そうだ」

風に舞い狂う砂塵《さじん》のような声が応じた。

「もうエジプトか」

せつらは訳のわからないことを口にして、

「おまえ、全身整形でもしてるのか？」

口調は淡々、極《きわ》めて客観的である。

答えず、長身の木乃伊はせつらの前の席に掛けた。

「おれは、自殺して後、甦った」

と木乃伊は言った。

「致命傷ではなかったが、自分の不甲斐《ふがい》なさに腹が立つ。加えて、あのままではおまえに一矢《いっし》も報《むく》いることができん」

「それで手術か。ご大層なことで」

「今なら片手の小指でおまえを斃《たお》せる。さっきから首を丸ごと斬り離そうとしているようだが、無駄だ」

「ああ」

せつらは妖糸を止めた。

木乃伊が右小指を突き出した。

せつらは眉をひそめた。猛烈な息苦しさを覚えたのである。

「ヌーレンブルクの〝守り水晶〟を守り神にしているらしいが、今のおれには役に立たん。どうする、ここで死ぬか？」

「どうする？」

「前のおれには興味もなかったが、今となればおまえの美しさもわかる。どうだ、おれと手を組め。おまえの力とその顔さえあれば、世界を手に収めることも可能だ」

「合わないよ」

とせつらは窓の方へ美しい顔全体をしゃくった。

木乃伊も見た。

月が出ている。

「昔、あそこでは兎《うさぎ》が餅《もち》をつき、かぐや姫が地上の両親を思っては泣いていた。世界征服なんて話はやめてくれ」

「ロマンチストだな」

「どーも」

せつらは奇妙な違和感をこの敵に感じていた。

以前は魔法に躍った単細胞の野心家でしかなかったものが、妙に深みが加わり、口から机上《きじょう》の大空論みたいな陰謀が語られても、鼻先で笑い飛ばせないような気がするのだ。

向こうのほうも、せつらに親しみ――とはいえないまでも、似たようなものを感じていると思えぬこともない。

「僕はおまえのおかしな陰謀より、タレントのパンティのほうに興味がある。持ってる？」

「いいや」

「おたくのオカマ――篠崎が持って逃げたよ」

「知ってるさ」

木乃伊がそう応じたところへ、ウェイトレスが注文を取りに来た。

「同じものを」

「チョコレート・パフェですか？」

「同じものを」

「わかりました」

憮然《ぶぜん》と去った。木乃伊にパフェ、噴き出すところだが、そうもいくまい。

「篠崎は黙ってたのか？」

「昨日から会っていない。いつ逃げた？」

教えると、木乃伊は少し考え、

「やりそうなことだ」

と言った。

「あいつは、ずっと故郷の港町へ帰りたがっていた。ここでも暮らしづらかったようでな」

「オカマじゃねえ」

「パンティを金に換えてからだ。その辺から情報は入る」

「魔法で見つけられないの？」

「あいつも魔法使いの端くれだ。防禦陣が張ってある」

「ふうん。で、どうする？」

「おれと組むのが嫌なら、死んでもらおう」

「僕に？」

「他にいるか？」

「いや」

「どうする？」

「少し考えさせてくれ」

「死ね」

「パフェが来るよ」

息苦しさをこらえて、せつらは微笑した。

これがどのような効果をもたらすかは、眼にした者だけが知るところだ。はためからは絶対にわからない、魔法使いならぬ若者の、どのような魔法使いさえ使えぬ大魔法であった。


明らかに木乃伊には変化が生じていた。

彼は二度、首を横に振った。

「いや、かからんぞ——おれは死の国を覗《のぞ》いた。現世の技には負けん」

「技ってほどのものじゃ」

低く呻《うめ》いて、せつらは喉に手を当てた。

「あ……う……ん……ぐぐ……」

のけぞるように、木乃伊を見つめた。

苦悶《くもん》に歪む表情を真正面から見つめる木乃伊に何が起こったか。

数秒、彼は身じろぎもしなかった。その姿にふさわしく、現実の死に衝撃など受けない死者の眼差《まなざ》しであった。

不意に彼は立ち上がった。

「美は死を超えるか——おまえは生きているのか、死んでいるのか？　どっちだ？」

せつらに背を向けると、彼の眼の前にトレイを抱えたウェイトレスが立っていた。

「…………」

「あの、パフェを」

「幾《いく》らだ？」

「七五〇円です」

「釣りはいい」

財布から千円札を抜いてトレイに載せると、木乃伊はそそくさと店を出ていった。

呆然《ぼうぜん》と立つウェイトレスの前に、もうひとりの客も立ち上がった。

「あの……」

「はい」

世にも美しい顔が消え去っても、しばらくの間、ウェイトレスはその場で夢を見つづけていた。トレイには五百円硬貨が加えられていた。

第十章　掌中《しょうちゅう》の下着

1

せつらは木乃伊《ミイラ》――ローエングリンの後を尾《つ》けた。喫茶店で巻き付けた妖糸が導いたのはいうまでもない。

こいつ途中でまた何かしでかすのではないかと思ったが、白い包帯姿は通行人をぎょっとさせるだけで、じきにタクシーを拾った。

「魔法で行けないのかな」

せつらもタクシーで追った。

木乃伊は〈高田馬場〉近くの廃墟の前で降りた。瓦礫《がれき》の山の間へ、ためらいもせず進んでいく。

せつらもスムーズな足取りで後を追う。タクシーを降りた時点で、危《ヤバ》いな、と思った。手足は彼の意思に反して動いた。

山をひとつ抜けると、直径二、三〇メートルの広場へ出た。

その真ん中に木乃伊が立っていた。包帯の端が風に舞っている。

「やあ」

右手を上げて挨拶《あいさつ》した。

「ついて来てくれるとは、手間が省《はぶ》けて助かる」

木乃伊は凄惨な声で言った。

「おっと、その顔を見たらおれも一巻の終わりだ。幸い眼を閉じれば何とかなる。今度こそ」

「あー、その前に」

せつらはまた右手を上げた。

「さっきの提案――世界征服だけど、考えてもいいよ」

「出し遅れの証文だ」

「オカマを見つける手伝いをしよう」

「あいつのいる所なら見当がつく。いい加減にこの状況を認めろ。そのほうが威厳があるぞ」

木乃伊は前屈《まえかが》みになって、地面から手の平に収まるほどのコンクリ塊を拾い上げた。

「あのさ——魔法をかけるつもり?」

「そうだ。何をされるかわかるか?」

せつらは少し黙って、

「死ぬ前にひとつ教えてくれ。篠崎の行く先ってどこかな?」

「おれたちのところ以外なら、〈四谷《よつや》三丁目〉にある『ストリーク』という魔法ゲーム専門のゲーセンだ。オカマの溜《た》まり場だそうだが、おまえにはもうどうでもよかろう」

「話し合わないか?」

「往生際《おうじょうぎわ》が悪いぞ」

木乃伊はコンクリ塊を突き出した。

心臓が急激にすぼみ、別の物質に変わっていくのをせつらは感じた。

美しい姿が屍衣《シュラウド》のような黒衣をまとって倒れると、木乃伊は近づいて、じっと見下ろした。

「おれの魔法に狂いはない。おまえの微笑——忘れはせん」

月光の下の、それが美しい死者への弔辞《ちょうじ》であった。

白い木乃伊が廃墟を去っても、長いこと動くものの姿はなかった。

どこからか飛んできた一匹の妖虫が、黒衣の上に舞い下りて、不意に飛び上がった——それだけが生の名残《なごり》であった。


木乃伊＝ローエングリンが姿を見せたとき、ゲーセンの玄関には、ちょっとした嵐が吹き荒れた。

「来たぞ」

「来やがった」

「絶対に入れるなよ」

シャッターが閉じられ、武器を構えた人影が「ストリーク」という看板の下に並んだ。

「おれのことはもう打ち合わせ済みか」

と木乃伊はつぶやいた。

「さすがオカマだ。結束力が違う。この辺は参考にしたいものだな」

彼が口から手の平に真紅《しんく》の塊《かたまり》を吐き出したとき、攻撃が始まった。

次々にめり込んだ弾丸の熱と衝撃を、生の証《あかし》のように感じて、木乃伊は満足した。

肉を削《けず》り取られるのも爽快《そうかい》だったし、眼球が弾《はじ》けるのも心地よい刺激になった。敵は火炎放射器も使った。燃えるのは不思議な感覚だった。特に神経の焼却は寂寥《せきりょう》感すら味わえた。

木乃伊は思いきり息を吐いた。

風の精の術は、狙いどおり、ゲーセンの建物だけを吹き飛ばした。生前の彼なら建物は地面へ叩きつけるのだが、今回は大気圏外まで上昇させることができた。

恐怖と驚きのあまり棒立ちになった連中もついでに放り飛ばし、木乃伊はついに裸のゲーセンの奥に縮《ちぢ》まった篠崎を捕捉《ほそく》した。

「逃げても無駄だぞ、オカマ野郎のマムコちゃん」

「やめろ、来るな」

と篠崎は両手で魔法の印《いん》をこしらえようとしながら叫んだ。上衣のポケットから、かがやく布地がはみ出している。

「これは僕のパンティよ。もうずうっとはいてたんだから」

「それで今はノーパンってわけか」

木乃伊はうんざりしたように言った。

「おまえの死体から剝《は》いでもいいし、ポケットから失敬してもいい。警察が来るまでまだ時間はある。はくかはかないのか、好きにしろ。こんな話をするのも馬鹿らしい」

「は、はくわよ」

篠崎は自棄《やけ》っぱちで喚《わめ》いた。

「ちょっと待ってなさいよ」

ぶつぶつ言いながら、パンティに片足を入れ、急に木乃伊の方を向くや、

「――くたばれ！」

その全身からもうひとりの篠崎が飛び出すや、木乃伊の身体《からだ》にすうと入り込んだのである。

「これであんたは、僕の操《あやつ》り人形よ。ほら、さっさと喉《のど》を切れ、この野郎」

「凄《すご》むなよ、似合わねえ」

木乃伊は首から垂れた包帯の端を摑《つか》んで、ひと振りした。

半透明の篠崎が飛び出して、地面にぶつかってつぶれた。

「ひええ、どうして僕の憑依《ひょうい》術が⁉」

「昔のおれならやられただろう。だが、今のおれは、死を知っている人間だ。あきらめて、あの世へ行け」

「死——死を知った人間が、パ、パンティなんかに、こだわるのか？」

「パンティよりも、その持ち主に興味がある。調べたところ、アラブの大富豪で、政財界に顔の利《き》く男のようだ。おれのこれからには、必要な男さ」

「死にかけが、遠大な計画を立てるんじゃないわよ」

叫んだオカマの下顎《したあご》が、一気に外れた。いや、もぎ取られたのである。それは地面で一匹の蝦蟇《がま》となった。

かっと見開かれた眼球が、ぽろりと眼窩《がんか》からこぼれ落ちた。それは二匹の百足《むかで》に化けた。

声もなく顎を押さえた指も地上で白い芋虫《いもむし》と化し、その鼻も唇も忌《い》まわしい虫となって、新しい人生へと這《は》いずっていった。

蠢《うごめ》くそれらを追い払い、木乃伊は光る布を取り上げた。

「アラブの富豪を籠絡《ろうらく》する品がこれか。魔法以外の人生もあるということだな」

感慨深げな言葉が終わらぬうちに、彼の顔は赤く染まった。手にした布が炎を発したのだ。

それこそ、この大魔法使いが食い止める暇《ひま》もなく、それは一塊の灰となった。

「これは——偽物だ。最後まで一杯食わせたか、オカマ野郎。だが、本物はどこに？」

「ここだ」

静かな声が、木乃伊をふり向かせた。

だが、そのふり向き方は——何に怯《おび》える、何を恐れるローエングリン？

〈新宿〉へ入ったら、まず恐れを知ることさ
美しいもの
こりゃ怖い
白い院長は、恐れでこしらえた水晶の像さ

「ドクター・メフィスト!?」

「往診の途中でな。君の捜《さが》しているのはこれか？」

篠崎の潜《ひそ》んでいたさらに奥——破壊の中に立つ白い医師は、そう言って右手の布を持ち上げた。


「返してもらおう」

木乃伊の全身から敵愾《てきがい》の炎が燃え上がった。

不可視のそれが白い医師へと巨波のごとく押し寄せ、ふっと消滅した。

メフィストの気に呑《の》み込まれたのだと、木乃伊にもわかった。それは怒りの気であった。

木乃伊＝ローエングリンこそ、死から甦《よみがえ》った男であった。それは白い医師が唯一成し遂《と》げていない行為であったのだ。

「返すには条件がある」

「おれを調べたいか、メフィストよ」

木乃伊は挑発するように言った。

「死から甦った秘密は、しかしおれをどう調査してもわからん。それはおれと古い知識を学んだ者しか知らん古代魔法の中にある」

「それを教えてもらおう」

白い医師が一歩前へ出た。

その動き自体に木乃伊は見惚《みと》れた。我に返ったと

き、白い影は眼前に迫っていた。

「——!?」

木乃伊は後方に跳躍しざま、五メートルも離れた空中で魔法を使った。

メフィストの足場の地面から、深さ五〇〇メートルにわたって土砂が失われ、白い医師は即製の穴に吸い込まれた。

「穴はマグマに続いている。いかに〈魔界医師〉といえど」

自分の魔力によほどの自信があるのだろう。穴を埋めもせず、木乃伊は包帯を翻《ひるがえ》しつつ背を向けた。

「話は終わっていない」

と言われたのは、二歩目を踏み出したときであった。

ふり向いた眼前に白い医師を認めた刹那《せつな》、木乃伊の全身は金縛りに遭《あ》った。布地の間から覗《のぞ》く眼は、医師の右手から延びている白いすじを見ることができた。

たった一本の針金が、彼を地上へと引き戻し、木乃伊のあらゆる動きを封じるとは、信じ難《がた》い現象であった。

「メフィストよ、これは？」

「以前はただの針金だった。だが、今は治療に使う」

「ほう」

「このように」

後頭部に冷たい痛みが走った。細く鋭いそれは、何の抵抗もなく木乃伊の頭蓋《ずがい》を貫《つらぬ》き、脳に入ってきた。

暗黒が広がっていた。生も死も含まぬ圧倒的な闇であった。その広がりの果てを、木乃伊は見ることができた。

——宇宙となる前の宇宙か。ほお、遠くでまたたくのは星ではなく、ビッグバンか。おお、あっちにもこっちにも。水素原子もゼロの世界に、こうして宇宙は創造されるのか。

認識の外から感情が忍び入ってきた。それは、絶対の孤独だった。

木乃伊は生きも死にもできず、未完の宇宙を漂《ただよ》っていた。永劫《えいごう》に。なんと恐ろしい言葉か。

一万年目で、木乃伊は悲鳴を上げた。死には耐えられるが、永遠にひとりきりで虚無を漂うのは無理だ。いっそ殺してくれ。

それからさらに一万年のあいだ、木乃伊は救いと解放を求めて叫びつづけた。

急に、時間が一四〇億年ばかり戻った。

そこは〈新宿〉だった。

〈四谷三丁目〉の、破壊された一角であった。

「死よりも怖いものがあるとわかったかね？　さ、その古代魔法とやらの秘密を教えてもらおうか」

木乃伊は大きく息を吐いて、

「おれは二万年の間、宇宙になる前の宇宙をさまよった。ただ泣き叫んでいたわけではないぞ。おまえを敗北させる魔法を考えつづけるには充分な時間だった」

メフィストが、ふと宙を見上げた。

その眉間《みけん》から後頭部へ何かが貫いた。

どっと倒れる白い医師へ、今度こそ木乃伊は笑いかけた。

「ビッグバンの結果、生まれた星のひとつよ。重力場に呪いをかけて、質量はそのまま一兆分の一に縮めてある。光速で叩きつけられては、いくら〈魔界医師〉でも堪《たま》るまい。しかし、美しいというのは恐ろしいものだな。素粒子に分解されてもおかしくないのに、貫通孔ひとつだけときた」

木乃伊はメフィストに近づき、右手の布を奪おうとした。

風が吹いた。

すると、宝石の重みで地面に伏せていた布は、軽々と浮き上がって彼の指先をすり抜け、一〇メートルほど向こうにいた人影の差し出した手に吸い込まれたのである。

木乃伊が何もできなかったのは、驚いたせいではなく、身体が動かなかったからである。ドクター・メフィストとの死闘はそれほどの消耗を強《し》いたのだ。

「いっただき!」

とパンティを振りかざした女声の主を見て、

「おまえは——MH《マッド・ハッター》!?」

「そうよ、本名、羽井真純さまよ。覚えとき、ローエングリンの木乃伊男」

「貴様、いつからここに?」

「さっきよ。ドクターの往診のお伴《とも》でね。どうしても退院させてくれないから、バイトさせてくださいって言ったら、一発でOKが出たのよーん」

「自分が何をしているのか、わかっているんだろうな?」

「ええ。ついでに、あんたがどんな化物《ばけもの》になったかも、ね。あの魔法を使ったら、只《ただ》じゃすまないって知ってるでしょ? そのうち反動がくるわよお。おーっと」

後ろへ跳び下がった身体が、空中で四散した。

真純の方へ伸ばした指を引くと、パンティを摑んだ右手首から先が飛んできた。

「愚《おろ》かな。おれの正体を知っているなら、自分がどうなるかわかりそうなものだ」

その手の中で、真純の手首は塵《ちり》となって崩れた。

「あっ!?」

と叫んだのは、パンティまでが一本の白い毛と化して、彼の爪先《つまさき》に降り落ちたからだ。

拾い上げるまでもなく、それは猫の毛であった。

「あの小娘」

歯があるのかどうか、しかし、確かに歯ぎしりの音を立てた木乃伊の全身から、炎の怒気が月へと放射された。

2

「おーい」

背後から呼びかけられて、〈靖国通り〉を西へ——〈新宿駅〉の方へと飛ぶように歩いていた真純は、思わずふり返った。

変わってない——春風のような声だ。

「無事だった？」

せつらは優しく訊《き》いた。

「ええ」

真純も笑顔を返して、

「私をメフィスト病院に預けてから、どうしてたたの？」

「ああ、色々と」

いちいち説明しないのも、せつら流ではある。〈新宿駅〉近くの喫茶店で木乃伊男にやられかかったとは言いづらいのも確かだ。

「君は、メフィストと一緒にいたはずじゃあないのか？」

「先生はやられました」

「え？」

「包帯だらけの木乃伊男——ローエングリンに。あいつは、死から甦った男よ。死の世界の力を身につけて戻ったのよ。いくらドクター・メフィストでも、死には勝てないわ」

「かも、ね」

「ね、あのパンティ、あたし持ってるわよ」

「——どうして？」

「細《こま》かいことは省くけど、ドクターが手に入れたのをローエングリンがかすめ取って、それからあたしが失敬したの」

「やるなあ」

「でしょ」

「貰《もら》えるかな？」

「うーん、駄目」

「どうして？」

「あたしが着けてから」

「でも」

「なら、あげなーい」

真純はポケットに手を当てて後じさった。

「わかったよ、じゃあ、どこへ行く？」

深夜とはいえ、〈靖国通り〉の通行量は多い。

「ホテル。〈歌舞伎町〉のでいいよ」

「オッケー」

二人は〈旧区役所通り〉へ入った。

真純はせつらの腕に自分の腕を絡《から》め、頬《ほお》を寄せた。

「ちょっと」

「ずっとしたかったんだ。放《ほ》っといて」

〈風林会館《ふうりん》〉前の通りを右へ折れて、ラブホテル街への坂を上がりだすと、たちまち環境が一変した。

マンションの玄関には、明らかに麻薬漬《ドラッグづ》けの若者たちが溜まり、駐車場からは妖物の触手らしいものが通りまで伸びている。

「付き合えよ、なあ」

涎《よだれ》を垂らしながら、ゾンビ状態で絡んできた若いのを、せつらは右手をかすかに閃《ひらめ》かせただけで、片耳を切り落として大人しくさせた。

「凄いなあ」

うっとりする真純の肩越しに、せつらの腕が覆《おお》いかぶさるみたいに伸びて、大きな輪をつくった。

そこへ人影が迫ってきた。いま耳を切り落とした若者の仲間だった。

「危《ヤバ》い。殺しちゃ駄目よ」

真純がつぶやいた瞬間、せつらの手が再び舞って、若者たちは片足を失った。

「派手ねえ」

「メフィスト病院があるよ」

これが、苦労知らずの二代目の台詞《せりふ》のように口をつくから凄い。他人の生命など何とも思っていない——というより、どうせ治るんだから、という前提がこの若者の――〈新宿〉の恐ろしいところなのだ。

「でも、急ご。敵は孤独じゃないみたいよ」

真純はせつらの腕を取っていた。ラブホテル街への道は坂になっている。かなり急で年寄りにはきつい。

その下から、どよめきと足音が打ち寄せる津波のように迫ってきた。敵は孤独どころではなかったのだ。

二人は手近なラブホテルへ飛び込んだ。

部屋の内部が映《うつ》し出されたパネルから、スペシャル・ルームを選ぶ。

真純がカードで料金を払い、エレベーターに乗った瞬間、ドアというドアから、若いゾンビめいた連中が押し入ってきた。

毒々しい化粧《メイク》を施《ほどこ》したゾンビ顔が迫ってきた瞬間、エレベーターのドアが閉じた。

一〇階まで上がって、自動ドアに飛び込む。

「これで大丈夫」

と真純はVサインをこしらえた。

「〈歌舞伎町〉のラブホのスペシャル・ルームは要《よう》塞《さい》と同じよ。戦車砲でも使わなきゃビクともしないわ。警察に追われて、逃げ込む奴もいるのよ。持ち込んだ食料と水とビタミンと酸素に圧縮処理を施して、五年も閉じこもってるそうよ」

「そら凄い」

茫洋《ぼうよう》と驚くせつらに、いきなり真純が抱きついて、ベッドへ押し倒した。

「ちょっと――」

せつらの抵抗を止めたのは、この奔放《ほんぽう》な娘の眼に光る涙だったかも知れない。

「ね、やっと二人きりよ。ここなら誰にも邪魔されないし、迷惑もかけなくて済むわ」

「迷惑？」

その唇に、真純は短いキスを繰《く》り返してから、じっと美しい顔を見つめた。頬を涙が伝わり、せつらの顎に落ちた。

「よく似てる。これで我慢しようっと」

明るい声であった。

せつらの眉が寄った。

「とぼけないでよ、偽者《にせもの》さん。あんた、ローエングリンでしょ?」

すぐに返事があった。

「月並みだが、どうしてわかった?」

「うまく化けたつもりでしょうけど、ミスだらけよ。坊やたちをバラバラにしたときの、手を振るタイミングが合ってないし、あなたは、天地が逆になってもこのあたしに、無事かいなんて優しく訊かないわ」

不思議なことに、偽《いつわ》りのせつらは真純を押しのけようとはしなかった。

「何よりも」

真純は、そっと美しいまがいものの頬に触れた。

「どんな魔法を使っても、私はごまかされないわ。この顔よりずっと美しい顔をひと目見たとき、私は魔法にかけられちゃったんだから」

「愛しているのかい、僕を?」

「そうよ」

「相手を間違えたね」

「このエセ魔法使い」

真純は罵《ののし》った。涙は途切れなかった。

「優しい声を出さないで。間違えちゃうじゃないの。あんたは私と一緒にもう一回死ぬのよ」

せつらは微笑した。

「もう一度、死ぬか——それもいいかも知れんな。だが、戻ってきた以上、おれにはこの世でするべきことがある。どけ」

真純の身体は垂直に上昇し、〝要塞〟の天井に激突した。

同時に、せつらの胸に四本の爪痕《つめあと》が走るや鮮血が迸《ほとばし》った。

「ほお、一度死んでも、血の色は変わらんか」

立ち上がった顔はせつらのものでも、声はローエングリンそのものだ。

天井に貼りつけられたまま、真純は静かに呼びかけた。

「ねえ、お願いだからその顔のままでいて」

両手が心臓の上に当てられた。

「〝自縛心《じばくしん》の法〟か——縛心は爆芯を意味する」

「ご教示ありがとう」

真純の心臓が停まると同時に、その身体は一〇万度の超高熱を発しつつ爆発する。

だが、体温が上がりもせず、真純はベッドに落ちた。

「望みどおり殺してやろう、この顔でな」

せつらの両眼が妖光を放った。

見よ、苦痛に歪《ゆが》む真純の顔が、徐々に変わっていった。

髪型が、眼が、鼻が、唇が——それはせつらの顔であった。

これから生命を奪う女の顔を、虜《とりこ》になったと打ち明けた愛《いと》しい男のそれに変えるとは、これは無情の優しさか、比類なき残酷さか。

変化に気づき、顔をベッド横の大鏡の方にねじって、

「やめて!」

真純は悲鳴を上げた。

殺気の発作に身を委《ゆだ》ねるその顔は、なおも美しく、気高《けだか》く化けていく。

そして、

「出来た」

満足気なローエングリンの声と同時に、彼の顔は崩れ落ちた。

——真純の顔も。

愕然《がくぜん》とローエングリンは悟った。

何か——途方もない力が、彼らに働きかけたことを。それは、死の世界を覗いた者の力も吹き散らさんとする不可思議な風であった。

「吹いてくる」

と、ローエングリンはつぶやいた。その顔がドアの方を向いた。

「風はそこから吹いてくる」

言い終えた刹那にドアは倒れた。戦車砲の一撃にも耐えるドアは、正確にそのサイズに壁から切り抜かれていた。

「やはり」

死から甦った男の、運命の交響にも勝《まさ》る呻《うめ》き声であった。

「――この世ならぬ美しさ」

戸口から現われた人影が誰かは言うまでもあるまい。

「せつら――さん」

真純の声は、ひどく遠いところから聞こえた。

3

秋せつら――この美しい魔人は、どうやってここへ来たのか？

それもいうまでもない。〈新宿駅〉近くの喫茶店で、その美貌《びぼう》をもってローエングリンの魔力から生還した際に、妖糸を巻き付けておいたのだ。

ローエングリンも気がついていたのかも知れないが、今まで放っておいたのは、死を経験することによって得た自信による傲《おご》りではなく、むしろ、奇妙な精神の変化――生命ある世界の現象の幾《いく》つかはどうでもよくなった――によるものであったろう。

だが、今せつらを凝視《ぎょうし》する眼差《まなざ》しは、まさしくこの世ならぬ殺気と血光を放ち、生きては帰さぬという決意に満ちている。

それはある疑惑が生み出したものであった。

「息の根を止めたはずだ。なぜ生き返った？」

ローエングリンの声は驚きを隠さなかった。

せつらは、つまらない質問をする、とでもいう風に、

「僕の心臓を石に変えただろ。あのとき、あるお爺さんにかけられてた心臓石化の術も発動してたんだ。そこへおまえの術が加わって、よくわからないが、お互いを消去し合ったんだね。お陰でお爺さんの魔法も消えた。ありがとう」

このとき、ローエングリンは人生というものに思いを馳《は》せていたかも知れない。

彼を無視して、

「無事かい？」

せつらはベッドの真純に訊いた。のんびりとした春の声。決して優しくはない。それなのに、真純の眼から新しい涙が溢《あふ》れた。

「ええ。あなたが来てくれるまでは」

その顔を見て、せつらの表情にある影が走った。

「見ないで」

真純は顔を覆った。

「僕と少し似てるが、何が？」

とせつらが尋《たず》ねたのは、ローエングリン＝木乃伊男のほうだ。

「顔を変えてやった。お前と同じに」

このとき彼には、せつらに対する圧倒的な自信があったに違いない。

虚無が生じた。

宇宙の隅々《すみずみ》まで覆う虚無。宇宙がその誕生の瞬間、全力を挙《あ》げてどこかに封じ込めておいた虚無。何かの手がその鍵を捜し当て、過去から未来から、或いは全く別の時空間からここへと運び込み、封印を外したのだ。

宇宙全体に広がった虚無が、今ここに人の形を取ったからといって、何の不思議がある。

ローエングリンはせつらを見ている。

真純もせつらを見ていた。その顔は完全にもとの真純に戻っている。

すでに知っていた。

せつらは変わらず、しかし、変わったことを。

彼は静かに言った。

「私に会ってしまったな」


ローエングリンの手が魔法印を結ぼうとした。

音もなく、右手首が床へ落ちた。

秋せつらだけが操り得る無限長の刃《やいば》を、ローエングリンは垂直に舞い上がって躱《かわ》した。

身体はそのまま天井に吸い込まれた。

せつらは真純に近づいた。

反射的に真純は立ち上がっていた。

「大丈夫です」

問われる前に答えた。訊かれるのが怖かったのである。

胸中の困惑が表情に出ていた。

眼の前のこの美しい若者は、自分の愛した人捜し屋なのだろうか。

違う、と思った。それは確信だった。自分が彼に抱いている感情は、まぎれもない恐怖だ。あの人は決してそんな人間ではなかった。

だが、その恐怖の中に痺《しび》れるような蠱惑《こわく》が揺曳《ようえい》しているのも確かだった。

「行きたまえ」

せつらが切り抜いたドアの方を指さした。

その声は私と名乗ったときと同じだが、口にしたのは、前の彼だった。

全身の緊張が解けるような気が、真純はした。

「駄目よ、あなたひとりじゃ危ない。よくて相討ちよ」

「どうしてわかる?」

「魔法使いだから」

「相討ちならいいだろう」

「呑気《のんき》なこと言わないで。あなたが死んだらどうするのよ」

「別に構わないが」

「とにかく――出ましょう。ね、外にゾンビみたいな若いのいなかった？」

「片づけた」

「うあ」

真純は宙を仰《あお》いだ。この若者がどんな片づけ方をするか、瞬時に理解できた。

部屋を出て、真純はまた、うあと言った。

想像したとおりの光景が展開していた。想像は、少しもショックを和《やわ》らげてはくれなかった。

ホテルの廊下もホールも血の海であった。その中に手と足が心地よげに浮かんでいた。死体がないのは、動ける仲間が運び去ったか、死者は出なかったかだ。これが彼の優しさだろうかと、真純はぼんやり考えた。

店を出るまで、防犯システムの停止命令もなかったし、ホテルのスタッフも姿を見せなかった。触らぬ神に、の口であろう。

「どこへ行くの？」

せつらが訊いた。

「〈魔法街〉よ。あそこなら、あいつを迎え撃つ道具が揃《そろ》ってるわ」

「町の連中が危ないぞ」

「どこにでも人はいるわ」

「危険思想だ」

「他に手はあるの？」

「メフィスト病院はどうかな？　院長もいるし」

「殺《や》られたわ。それに、患者さんたちがいるじゃあないの。あんたのほうがよっぽど危険だわ」

「仕様がない。〈魔法街〉へ行こう」

「仕様がないって何よ」

唇を尖《とが》らせながら、真純ははじめてこの若者と出会ったときの感覚が戻ってきたような気がした。

ホテルの前を右へ折れて、〈旧区役所通り〉へ出たとき、靴底から地鳴りがすがりついてきた。

ふり向いたが、ホテルは別の建物の陰になって見えなかった。

やや遅れて同じ方を見たせつらが、

「ホテルが消えた」

と言った。これも春風のような物言いで、真純は妙な気分に陥《おちい》った。

タクシーを拾って〈魔法街〉に着いたのは二〇分後だった。道は空《す》いていた。

「おかしいわ、車が一台も走っていなかったわね」

不審げな真純に、

「あいつだな」

とせつらは返して話を終わらせた。

〈魔法街〉の家々は闇の中に扉と窓を封じていた。

「猫と狼の声さえしないわ」

と真純は舌打ちした。

数個の人影がたむろしている一軒家の前で、真純は足を止めた。

「おや、ローエングリンの稚児《ちご》さんたち。あたしん家へ殴《ち》り込み?」

ぎょっと立ち上がった影たちは、揃って首を横に振り、

「とんでもない。おれたちはもう怖くなったんだ。ボスを甦らせた長老や仲間たちは、みんな殺られちまった。今のボスはただの殺人鬼だ。あんたならいい手を知ってるんじゃねえかと相談に来たんだよ」

「自分たちに累が及ぶのが怖くなったのね、腰抜けども」

真純は遠慮なく浴びせた。

「打つ手はあるけど、あんたたちを助ける余裕はないわよ。ああいうのをボスに選んだ不明を悔いなさい。おしまい」

「おい、そんな」

すがりつこうとする男の身体が急に透《す》きとおって消えた。

「え?」

眼を見張る真純の前で、ローエングリンの部下たちは次々に同じ路《みち》を辿《たど》った。

「家へ入って!」

真純が鍵を開けて駆け込み、せつらも後に続いた。

ドアを閉じた瞬間、地鳴りが襲ってきた。

「どこかがやられたね」

せつらが眉をひそめた。

「まさか——〈魔法街〉の仲間を……」

「死から甦った男だよ。常識は通じない」

「………」

「手はあるの?」

「正直、ないに等しい」

真純はあっさり言って、奥のドアをくぐり、妙な品を抱えて戻ってきた。居間の真ん中でそれを組み立てだしたのを、せつらは黙然と見つめた。

「出来たわ」

と言ったのと、再度の地鳴りが襲ったのと同時だった。

天井が崩れてくる。

あの韓国料理屋に似てるなと思いつつ、せつらは窓へと飛んだ。

消滅した家の前で、せつらは近づいてくる敵を迎えた。

一〇メートルほど右方に包帯姿のローエングリンが立っていた。

その首がずれた。

せつらの妖糸であった。

ローエングリンはその首を押さえ、元の位置に戻した。

唇のあたりが歪んだ。笑ったのであろう。

「さっきの私——おれの血も凍った。また出てこい」

「あいつ、出ないのさ」

とせつらは応じた。

冬の凍夜に、春の声であった。

「いい気分のときは、ね」

真純が、はっとした。その顔が喜びにかがやいた。

眼ばかりが哀しみを湛《たた》えて、女魔法使いは走った。

肩に担《かつ》いでいるのは、どう見ても小さなバズーカ砲であった。

「伏せて！」

と叫んで引金《ひきがね》を引いた刹那、その身体は消滅した。

真純に巻いた妖糸が消滅したのに気づいて、せつらは棒立ちになった。

その前方で、ローエングリンの胸と真純が消滅した空間を、ひとすじのロープがつないでいた。

ローエングリンの胸に刺さったのは、ロープの片方に結びつけられた銛《もり》であった。反対側の端は、暗黒の空間に消えていた。

「〝神隠しの銛〟か」

ローエングリンは呻いた。

〈新宿〉でも〈高田馬場・魔法街〉にしか存在しない〝神隠しポイント〟。むろん、誰もが入れるものではなく、その出現時期は今なお謎に包まれているが、それは厳然としてそこに存在する。

真純の銛は、そことローエングリンをつないだ。

死から甦ったものを殺すことはできない。同じ効果を得るには、現界から別の世界へと移すことだ。

ローエングリンの身体が宙に浮いた。

虚無が呼んでいる。

一気に走った。

両手が銛を握っている。

空中でローエングリンはそれを引き抜いた。

ロープと銛は虚空《こくう》へと吸い込まれ、ローエングリンはせつらの眼前に立った。

妖糸が無効となった今、秋せつらに迎え撃つ術《すべ》はあるのか？

ローエングリンが、不意に頭部を押さえた。

最後の瞬間、彼が何を言ったのかはわからない。

だが、夜気をついて木魂《こだま》したそれが、夜気に呑《の》み込まれる前に、彼の首は地面に落ち、一塊の塵《ちり》と化

した。その上に、同じ運命を辿った胴体に月光が繽《ひん》紛《ぷん》と降りかかった。

「私のせつら」

と呼んだ者は、せつらの後ろから忽然《こつぜん》と出現した。

「やはり、死の世界を覗いた者は無事ではいられなかったか」

と白い医師は言った。声音《こわね》は運命を司《つかさど》る神のそれのように、〈魔法街〉を渡っていく。

「彼を掌握したのは、〝神隠し〟ではなく、やはり神の手だったな」

「それを信じるのか、メフィスト？」

いつものせつらの声だ。だが、いつもの声ではなかった。

「そういえば、おまえも死んだと聞いたが」

「死から甦る者はおらんよ」

だとすれば、この白い医師は、星とぶつかって生き延びたことになる。ドクター・メフィストならば可能なのかも知れない。〈魔界医師〉ならば。

「だが、自ら滅びる寸前、彼は凍結した。忽然と出現した私と名乗る男の鬼気に打たれてな。首が落ちたのは二撃目の成果かね？」

私と名乗らず、しかし、私と自らを呼ぶせつらは答えず、すでに閉じた空間を見つめていた。彼は知っていたのである。ローエングリンを守る不死の鎧《よろい》を切り裂いたのは妖糸ではなく、〝神隠しの銛〟が与えた傷だったことを。そして銛を打った女も消えた。

「〝神隠しの穴〟の中では、何が起きるかわからん。ひょっとしたら」

メフィストの声に返事はない。

せつらは身を屈めて、路上からかがやく布地を拾い上げた。

ローエングリンへと走りだす寸前、真純が置いていったパンティを。

後は何もない。

写真一枚も。

せつらは黙って、〈魔法街〉の入口へと歩きだした。白い医師も声をかけることのできない鬼気と——哀しみを背に湛《たた》えて。

月光の下で家々の窓が開き、猫の鳴き声が次々に上がった。

なぜかみな、哀しげであった。


「オンドル亭」は、崩壊の翌日、たやすく再建された。

その店内で、たったひとりの女店員は、手が空《あ》くたびに一枚の写真を覗き込んで過ごした。

世にも美しいひとりの客とその連れを撮影したとき、頼まれた他に、もう一枚プリントしておいたのだ。

「きれいよねえ、二人とも。こんなお似合いのカップル、見たことない」

溜息《ためいき》を吐《つ》いて、さらにしばらく眺めてから、スラックスのポケットに収めて、また店に出ていく。

そのプリントの中で、世にも美しい若者と娘は、燕尾服《えんびふく》と純白の花嫁衣裳に身を固めて並んでいる。後景は蒼空《あおぞら》と桜吹雪《ふぶき》が支え、最良の日を選んだなと歌いつづけているのだった。

二人の服も後景も、あの美しい若者が選んだものかどうか、女店員はもう記憶になかった。

それだけが、女店員にとってのしあわせであった。

〈注〉この作品は月刊「小説ＮＯＮ」誌（祥伝社発行）二〇〇九年七月号から十一月号まで掲載されたものに、著者が刊行に際し、加筆、修正したものです。

――編集部

あとがき

　実は〈魔法〉というものがよくわからない。勉強したこともないのだから、当たり前といえば当たり前なのだが、超自然《スーパー・ナチュラル》全般が好きな私が、そのトップに君臨する〈魔法〉だけは、あまり興味が持てなかったのである。

　嫌いだったと言ってもいい。

　ディズニーのアニメや漫画その他で、幼児期から親しんではいたが、そして、多くの子供たちと同じく、呪文ひとつで物を消したり、別の物に変えられたりしたらいいな、とは思ったが、すぐにそんな真似不可能なことがわかり、その瞬間から〈魔法〉はぐんぐん遠ざかっていったような気がする。

現在《いま》では、多少の知識もあるし、学問の一体系として、真摯《しんし》に学ぶ知人もいるが、どうしてもさしたる興味が持てないまま、今日まできてしまった。

それが『〈魔法街〉戦譜』って何だよ？　と仰《お》っしゃる方もいるだろう。祥伝社から出た前作は、そのものずばり『若き魔道士』だったしな。

で、あれこれ考えてみると、私はどうやら、〈魔法〉という奴を、超能力の一種——ひいては、山田風太郎《やまだふうたろう》氏の創造した「忍法」の変形として認識しているらしい。

昔、ある評論家が「日本人は雄大な空想よりも、本物らしい空想を好む」と言及していたが、私もその論中の人間らしい。

呪文によって消される人間は、異次元空間に呑《の》み込まれたことになり、無から生じる物質は、すべて元素変換によって構成されたもの、とする。ま、これではＳＦだが、風太郎忍法帖の忍者ときたら、九字《くじ》を切ってどろんと消える——まさしく魔法と同質の「忍術」よりも、理屈の筋が通っているＳＦ的超能力にずっと近いのだ。

だからこそ、私は風太郎忍法帖に魅入られてしまった。時間の流れを操作して人間の脳機能を破壊してしまう忍者（彼を斃す名剣士のひとこと、「おまえはすでに死んでおる」から、たぶん『北斗の拳』は生まれたのではないか）など、ＳＦそのものではないか。

かくて、私の魔法は風太郎忍法の変奏として書き綴《つづ》られていく。
「魔法」ファンよ、ごめんなさい。

二〇一〇年一月一一日
「忍者と悪女」を観《み》ながら

菊地秀行

ノン・ノベル百字書評

キリトリ線

なぜ本書をお買いになりましたか（新聞、雑誌名を記入するか、あるいは○をつけてください）

□（　　　　　　　　）の広告を見て	
□（　　　　　　　　）の書評を見て	
□ 知人のすすめで	□ タイトルに惹かれて
□ カバーがよかったから	□ 内容が面白そうだから
□ 好きな作家だから	□ 好きな分野の本だから

いつもどんな本を好んで読まれますか（あてはまるものに○をつけてください）

● **小説**　推理　伝奇　アクション　官能　冒険　ユーモア　時代・歴史　恋愛　ホラー　その他（具体的に　　　　　）

● **小説以外**　エッセイ　手記　実用書　評伝　ビジネス書　歴史読物　ルポ　その他（具体的に　　　　　）

その他この本についてご意見がありましたらお書きください

最近、印象に残った本をお書きください		ノン・ノベルで読みたい作家をお書きください	

1カ月に何冊本を読みますか	冊	1カ月に本代をいくら使いますか	円	よく読む雑誌は何ですか	

住所					
氏名		職業		年齢	

あなたにお願い

この本をお読みになって、どんな感想をお持ちでしょうか。

この「百字書評」とアンケートを私までいただけたらありがたく存じます。個人名を識別できない形で処理したうえで、今後の企画の参考にさせていただくほか、作者に提供することがあります。

あなたの「百字書評」は新聞・雑誌などを通じて紹介させていただくことがあります。その場合はお礼として、特製図書カードを差しあげます。

前ページの原稿用紙（コピーしたものでも構いません）に書評をお書きのうえ、このページを切り取り、左記へお送りください。祥伝社ホームページからも書き込めます。

〒一〇一－八七〇一
東京都千代田区神田神保町三－六－五
九段尚学ビル　祥伝社
ノン・ノベル編集長　辻　浩明
☎〇三（三二六五）二〇八〇
http://www.shodensha.co.jp/bookreview/

NON NOVEL

「ノン・ノベル」創刊にあたって

「ノン・ブック」が生まれてから二年一カ月、ここに姉妹シリーズ「ノン・ノベル」を世に問います。

「ノン・ブック」は既成の価値に〝否定《ノン》〟を発し、人間の明日をささえる新しい喜びを模索するノンフィクションのシリーズです。

「ノン・ノベル」もまた、小説《フィクション》を通して、新しい価値を探っていきたい。小説の〝おもしろさ〟とは、世の動きにつれてつねに変化し、新しく発見されてゆくものだと思います。

わが「ノン・ノベル」は、この新しい〝おもしろさ〟発見の営みに全力を傾けます。ぜひ、あなたのご感想、ご批判をお寄せください。

昭和四十八年一月十五日

NON・NOVEL編集部

NON・NOVEL —873

魔界都市ブルース　〈魔法街《まほうがい》〉戦譜《せんぷ》

平成22年2月20日　初版第1刷発行

著者　菊《きく》地《ち》秀《ひで》行《ゆき》

発行者　竹内和芳

発行所　祥《しょう》伝《でん》社《しゃ》

〒101-8701
東京都千代田区神田神保町 3-6-5
☎03(3265)2081(販売部)
☎03(3265)2080(編集部)
☎03(3265)3622(業務部)

印刷　萩原印刷

製本　ナショナル製本

ISBN978-4-396-20873-8　C0293

Printed in Japan

© Hideyuki Kikuchi, 2010

祥伝社のホームページ・http://www.shodensha.co.jp/

造本には十分注意しておりますが、万一、落丁、乱丁などの不良品がありましたら、「業務部」あてにお送り下さい。送料小社負担にてお取り替えいたします。

長編伝奇小説 竜の柩《ひつぎ》 高橋克彦

長編伝奇小説 新・竜の柩 高橋克彦

長編伝奇小説 霊《たま》の柩 高橋克彦

長編歴史スペクタクル 紅塵《こうじん》 田中芳樹

長編歴史スペクタクル 奔流《ほんりゅう》 田中芳樹

長編歴史スペクタクル 天竺《てんじく》熱風録 田中芳樹

長編新伝奇小説 夜光曲 薬師寺涼子の怪奇事件簿 田中芳樹

長編新伝奇小説 水妖日にご用心 薬師寺涼子の怪奇事件簿 田中芳樹

サイコダイバー・シリーズ①〜⑫ 魔獣狩り 夢枕 獏

サイコダイバー・シリーズ⑬〜㉓ 新・魔獣狩り〈十一巻刊行中〉 夢枕 獏

長編新格闘小説 牙鳴り 夢枕 獏

長編小説 牙の紋章 夢枕 獏

マン・サーチャー・シリーズ①〜⑩ 魔界都市ブルース〈十巻刊行中〉 菊地秀行

魔界都市ブルース 死人機士団《しびときしだん》〈全四巻〉 菊地秀行

魔界都市ブルース ブルーマスク〈全二巻〉 菊地秀行

魔界都市ブルース 〈魔震〉戦線〈全二巻〉 菊地秀行

魔界都市ブルース 紅《くれない》秘宝団〈全二巻〉 菊地秀行

魔界都市ブルース 青春鬼〈四巻刊行中〉 菊地秀行

魔界都市ブルース 闇の恋歌《こいうた》 菊地秀行

魔界都市ブルース 妖婚宮《ようこんきゅう》 菊地秀行

長編超伝奇小説 ドクター・メフィスト 夜怪公子《やかいこうし》 菊地秀行

長編超伝奇小説 ドクター・メフィスト 若き魔道士 菊地秀行

魔界都市迷宮録 ラビリンス・ドール 菊地秀行

魔界都市プロムナール 夜香抄《やこうしょう》 菊地秀行

魔界都市ノワール・シリーズ 媚獄王《びごくおう》〈二巻刊行中〉 菊地秀行

魔界都市アラベスク 邪界戦線 菊地秀行

超伝奇小説 退魔針《たいましん》〈三巻刊行中〉 菊地秀行

長編超伝奇小説 魔界行 完全版 菊地秀行

新バイオニック・ソルジャー・シリーズ 新・魔界行〈全三巻〉 菊地秀行

NON時代伝奇ロマン しびとの剣〈三巻刊行中〉 菊地秀行

長編超伝奇小説 龍の黙示録〈全九巻〉 篠田真由美

長編ハイパー伝奇 呪禁官《じゅきんかん》〈二巻刊行中〉 牧野 修

長編新伝奇小説 **ソウルドロップの幽体研究** 上遠野《かどの》浩平

長編新伝奇小説 **メモリアノイズの流転現象** 上遠野浩平

長編新伝奇小説 **メイズプリズンの迷宮回帰** 上遠野浩平

長編新伝奇小説 **トポロシャドゥの喪失証明** 上遠野浩平

猫子爵冒険譚シリーズ **血文字GJ《ジー・ジェイ》**〈二巻刊行中〉 赤城《あかぎ》毅《つよし》

長編新伝奇小説 **魔大陸の鷹** 完全版 赤城毅

魔大陸の鷹シリーズ **熱沙奇巌城《ねっさきがんじょう》**〈全三巻〉 赤城毅

長編冒険スリラー **オフィス・ファントム**〈全三巻〉 赤城毅

長編新伝奇小説 **有翼騎士団** 完全版 赤城毅

長編新世紀《ミレニアム》ホラー **レイミ** 聖女再臨 戸梶《とかじ》圭太《けいた》

長編時代伝奇小説 **真田三妖伝《さなださんようでん》**〈全三巻〉 朝松健

長編エンターテインメント **麦酒《ビール》アンタッチャブル** 山之口《やまのぐち》洋《よう》

長編本格推理 **羊の秘《ひ》** 霞《かすみ》流一《りゅういち》

長編ミステリー **警官倶楽部** 大倉崇裕

天才・龍之介がゆく!シリーズ〈十一巻刊行中〉 **殺意は砂糖の右側に** 柄刀《つかとう》一《はじめ》

長編極道小説 **女喰《ぐ》い**〈十八巻刊行中〉 広山義慶

長編求道小説 **破戒坊《はかいぼう》** 広山義慶

長編求道小説 **悶絶禅師《もんぜつぜんじ》** 広山義慶

長編悪党サラリーマン小説 **裏社員**〈凌虐《りょうぎゃく》〉 南英男

長編クライム・サスペンス **嵌《は》められた街** 南英男

長編クライム・サスペンス **理不尽《りふじん》** 南英男

長編ハード・ピカレスク **毒蜜** 裏始末 南英男

ハード・ピカレスク小説 **毒蜜** 柔肌《やわはだ》の罠 南英男

長編ハードボイルド **沸点** 汚された聖火 小川竜生《たつお》

エロティック・サスペンス **たそがれ不倫探偵物語** 小川竜生

長編情愛小説 **性懲《しょうこ》り** 神崎京介

情愛小説 **大人の性徴期** 神崎京介

長編超級《メガ》サスペンス **ゼウス** ZEUS 人類最悪の敵 大石英司

長編ハード・バイオレンス **跡目《あとめ》** 伝説の男・九州極道戦争 大下英治

長編冒険ファンタジー **少女大陸 太陽の刃《やいば》、海の夢** 柴田よしき

ホラー・アンソロジー **紅《あか》と蒼《あお》の恐怖** 菊地秀行他

推理アンソロジー **まほろ市の殺人** 有栖川有栖他

最新刊シリーズ

ノン・ノベル

長編新伝奇小説　書下ろし
クリプトマスクの擬死工作　上遠野《かどの》浩平
カリスマ監督の未完の映画作品の謎！
そこには怪人ペイパーカットの影が…

魔界都市ブルース
〈魔法街〉戦譜　菊地秀行
美しき魔人 vs. 邪悪な古代魔術師
月下の妖戦に〈魔界都市〉狂乱！

四六判

吉祥寺の朝日奈くん　中田永一
僕と、山田さんの、永遠の愛をめぐる
物語。至高の純愛小説誕生

おぼろ月　谷村志穂
恋愛小説の名手が描く「出会い」と
「別れ」…孤独な魂に響く7つの物語

好評既刊シリーズ

四六判

本格歴史推理
空海　七つの奇蹟　鯨《くじら》統一郎
四国に残された空海の数々の奇蹟
歴史の謎に迫る本格ミステリー

長編超伝奇小説 ドクター・メフィスト
若き魔道士　菊地秀行
魔界医師も驚く天才魔道士が活躍!?
大人気シリーズ、4年ぶりに登場！

長編ミステリー　書下ろし
警視庁幽霊係と人形の呪い　天野頌子《しょうこ》
特殊捜査室の美人警部が大ピンチ!?
火災現場に残された人形の秘密とは？

長編推理小説
十津川警部捜査行 外国人墓地を見て死ね　西村京太郎
横浜の外国人墓地で美女が刺殺！
事件の背後には70年前の因縁が